LA FÊTE INFERNALE

Biographie

R. L. Stine est né en 1943 à Colombus aux États-Unis. À ses débuts, il écrit des livres interactifs et des livres d'humour. Puis il devient l'auteur préféré des adolescents avec ses livres à suspense. Il reçoit plus de 400 lettres par semaine ! Il faut dire que, pour les distraire, il n'hésite pas à écrire des histoires plus fantastiques les unes que les autres. R. L. Stine habite New York avec son épouse Jane et leur fils Matt.

Avis aux lecteurs

Vous êtes nombreux à écrire à l'auteur de la série Chair de poule et nous vous en remercions. Pour être sûr que votre courrier arrive, adressez votre correspondance à :

**Bayard Éditions Jeunesse
Série Chair de poule
3, rue Bayard
75008 Paris.**

Nous la transmettrons à R. L. Stine.

__Chair de poule.__

LA FÊTE INFERNALE

R.L. STINE

**TRADUIT DE L'AMÉRICAIN
PAR LAURENT MUHLEISEN**

TROISIÈME ÉDITION
BAYARD JEUNESSE

Titre original
GOOSEBUMPS SERIES 2000
Headless Halloween

© 1998 Parachute Press Inc.,
Tous droits réservés reproduction même partielle interdite.
Goosebumps et Chair de poule sont des marques déposées
de Parachute Press Inc.
© 2001, Bayard Éditions Jeunesse
© 1999, Bayard Éditions
pour la traduction française avec l'autorisation
de Scholastic Inc, 555 Broadway, New York, NY 10012, USA
Loi n° 49 956 du 16 juillet 1949
sur les publications destinées à la jeunesse
Dépôt légal janvier 2001

ISBN : 2 747 001 53 9

Tous droits réservés. La loi du 11 mars 1957 interdit les copies ou reproductions destinées à une utilisation collective. Toute représentation ou reproduction intégrale ou partielle faite par quelque procédé que ce soit sans le consentement de l'auteur et de l'éditeur est illicite et constitue une contrefaçon sanctionnée par les articles 425 et suivants du Code pénal.

Avertissement

Que tu aimes déjà les livres ou que tu les découvres,
si tu as envie d'avoir peur, **Chair de poule** est pour toi.

Attention, lecteur !
Tu vas pénétrer dans un monde étrange
où le mystère et l'angoisse te donnent rendez-vous
pour te faire frissonner de peur... et de plaisir !

1

– AAAAAAAH !

Ça, c'est le cri que je pousse pour effrayer les gens. Je me glisse derrière eux sur la pointe des pieds et, sans prévenir, je hurle à m'arracher les poumons.

J'adore effrayer les gens. Je sais, ça paraît un peu bête. Mais c'est plus fort que moi.

Je m'appelle Brandon Plush, et j'ai une devise : « Fais-leur peur. » À tous, petits et grands. Mais surtout les petits. Je profite de la moindre occasion pour les terroriser. Je vois leurs yeux s'agrandir comme des soucoupes, et j'éclate de rire. Eh oui, la panique, chez les autres, ça m'amuse !

Mon père dit que j'ai un net penchant pour la cruauté. Et il ajoute que je tiens ça de lui. Tous les deux, on adore regarder des films d'horreur à la télé. Quand on voit des gens se faire découper avec des tronçonneuses ou se faire dévorer par d'horribles monstres, ça nous rend hilares.

Ma mère me dit d'être plus gentil avec les autres.

À chaque fois qu'elle me fait la leçon, mon père et moi échangeons un sourire complice. Ma pauvre maman ne sait pas comme c'est drôle de faire peur ! Ma petite sœur, Maya, qui a sept ans, est ma victime préférée. Il faut dire qu'elle n'est pas téméraire. Il suffit qu'on la regarde en écarquillant les yeux, et elle se met aussitôt à hurler. Elle a peur de tout : des insectes, des vers de terre, des chiens, des chats, des souris et même de certains oiseaux. Et, surtout, elle a peur de moi. Bref, elle est parfaite comme sœur.

La nuit dernière, je me suis caché dans l'armoire de sa chambre ; je portais le plus horrible masque de ma collection. Car j'ai une impressionnante collection de masques de monstres. La plupart sont des modèles uniques. Presque tout mon argent de poche y passe.

Quand Maya a voulu prendre un pyjama propre avant de se coucher, j'ai bondi hors de l'armoire en poussant un cri sauvage. Elle a hurlé comme une possédée, avant de vomir tout son dîner.

Ce que j'ai ri ! Je n'en pouvais plus !

Je vous l'avais dit, ma sœur est une victime idéale.

– Brandon, pourquoi fais-tu ça ? C'est ignoble ! m'a reproché ma mère pour la énième fois.

– Oh, c'était pour rire, ai-je répondu comme d'habitude.

C'est mon truc. À chaque fois qu'on me réprimande, je sors le même refrain : « Oh, c'était pour rire. »

Mon cousin Vinnie habite à l'angle de ma rue. Il a

onze ans, un an de moins que moi, et il est presque aussi grave que Maya, dans le genre poule mouillée. Sauf qu'en plus il a le don de me taper sur les nerfs. C'est simple : Vinnie a peur de sa propre ombre !
Samedi dernier, j'ai trouvé un gros ver de terre dans le jardin, derrière la maison. Quand Vinnie est venu jouer, je le lui ai glissé dans le dos, sous son sweat-shirt. Puis je lui ai expliqué que c'était un bébé vipère.
Il s'est mis à crier comme un fou ! Je crois qu'il a battu le record du monde des hurlements de terreur. Lorsque le lombric a commencé à ramper le long de sa colonne vertébrale, Vinnie est resté comme paralysé. On aurait dit que ses yeux allaient sortir de leurs orbites. J'ai fini par plonger ma main sous son sweat et j'ai retiré le ver. Je l'ai agité sous son nez en m'exclamant :
– C'était pour rire !
Et c'est vrai que j'en ris pendant une bonne semaine. Si vous aviez vu sa tête ! Il tremblait comme une feuille ! Aucun doute : Maya est une très bonne victime, mais Vinnie, lui, est imbattable !
En ce moment, Maya, Vinnie et les autres gamins du quartier sont dans une mauvaise passe. Vous savez pourquoi ? Parce que c'est bientôt Halloween.
Ma fête préférée.
Et j'ai de grands projets pour Halloween : ce soir-là, je vais me promener sans tête.

Ralph et Jennifer sont frère et sœur ; ils vivent en face de chez Vinnie. Parfois, quand leurs parents ne trouvent personne d'autre pour les garder, ils font appel à moi.
J'adore faire du baby-sitting chez eux, parce que ces deux-là sont plus peureux qu'un bataillon de lièvres réuni. Je peux les faire hurler rien qu'en fermant les yeux.
Je leur raconte des histoires de monstres. Ça leur donne la chair de poule ; ils se serrent l'un contre l'autre et deviennent blancs comme un linge. C'est absolument génial !
À chaque fois, ils crient à en perdre le souffle. Et, quand je suis vraiment en forme, j'arrive même à les faire pleurer.

Il y a quelques jours, leurs parents m'appelèrent dans la soirée. Dès que je me retrouvai seul avec eux, je les emmenai à la cave.

— Aujourd'hui, je vais vous raconter une histoire vraie, leur ai-je annoncé.
— D'accord, mais pas une histoire qui fait peur, supplia Jennifer.
— S'il te plaît, pas de monstres ce soir, renchérit Ralph.
C'était trop mignon, la façon dont ces petits anges me demandaient grâce !
J'éteignis la lumière. Puis, dans un noir presque complet, je leur racontai la pire histoire que je connaissais. Une histoire de fantômes. Je pris ma voix la plus inquiétante, et je parlais si bas qu'ils étaient obligés de se pencher pour m'entendre.
— Vos parents ne vous l'ont jamais dit, commençai-je, mais il faut que vous sachiez la vérité...
Leurs yeux s'agrandirent. Rien qu'avec ça, ils avaient déjà peur !
— Une autre famille vivait ici avant vous, poursuivis-je. Une famille avec un petit garçon et une petite fille d'à peu près votre âge. Mais ils n'ont pas vécu très longtemps. Ce qui leur est arrivé est absolument horrible. Et ça s'est passé ici, dans cette cave, à l'endroit même où nous sommes.
— Arrête, s'il te plaît ! couina de nouveau Ralph.
Jennifer s'était bouché les oreilles, mais je savais qu'elle m'entendait encore.
— J'aime pas cette histoire, ajouta Ralph.
— Moi non plus, renchérit sa sœur.
— Attendez, vous ne savez pas tout...
J'inspirai profondément et continuai mon récit en chuchotant.

— Vous ne saviez pas que cette maison est hantée ? demandai-je.

Je crus que les mâchoires des deux gamins allaient se décrocher.

— Eh bien, les deux autres enfants ne le savaient pas non plus. Ils ignoraient que le plus ignoble des fantômes vit ici, dans cette cave. La plupart du temps, il ne se manifeste pas. Mais il a une sale habitude…

— Stop ! supplia Jennifer d'une voix tremblante.

— On veut remonter, ajouta son frère.

— Chaque année, juste avant Halloween, ce fantôme tue tous ceux qui ont le malheur d'entrer ici. « Cette cave est mon domaine, dit-il. Ceux qui s'y aventurent doivent mourir. » Et les gens meurent dans d'atroces souffrances, pour devenir à leur tour des fantômes.

— Je ne te crois pas, tu mens ! protesta faiblement Jennifer.

— C'est une histoire inventée, pas vrai ? voulut s'assurer son frère.

— Puisque je vous dis que c'est arrivé ici même ! répondis-je.

— Quoi ? demanda Jennifer. Qu'est-ce qui est arrivé ?

— Donc, le petit garçon et la petite fille ne connaissaient pas l'existence du fantôme. Un jour, ils sont descendus à la cave pour jouer à cache-cache. Le garçon est allé se cacher en premier. Lentement, très lentement, le fantôme s'est approché de lui. Plus près… toujours plus près…

— Non ! me supplia Jennifer en se bouchant les oreilles une nouvelle fois.

– Arrête, s'il te plaît ! enchaîna Ralph.
– Le fantôme n'était plus qu'à quelques centimètres. Il agitait ses longs doigts osseux. Il tendit ses bras squelettiques, ET ARRACHA LA TÊTE DU GARÇON ! hurlai-je en saisissant Ralph à la gorge. Jamais je n'avais entendu des enfants crier aussi fort. C'était un vrai délice.
– Et... et qu... qu'est-ce qui est arrivé à... à la fille ? bégaya Jennifer quand elle eut retrouvé son souffle.
– Elle s'est enfuie, dis-je. On ne l'a plus jamais revue. C'est pour ça que ses parents ont vendu cette maison à vos parents.
– Et le garçon... ? voulut savoir Ralph.
– Le garçon sans tête hante toujours cet endroit, expliquai-je en faisant semblant de le chercher du regard. Il a pris la place de l'autre fantôme. Et il attend ses prochaines victimes.
– Tu mens ! s'exclama Jennifer en se redressant d'un bond. Tu racontes n'importe quoi. Il n'y a pas de garçon sans tête dans cette cave.
– Brandon, est-ce qu'on peut remonter ? S'il te plaît ! insista Ralph.
Il serrait la main de sa sœur dans la sienne. Que ce spectacle était touchant ! Tous deux tremblaient comme des feuilles.
J'aurais peut-être dû m'arrêter là. J'avais réussi mon coup ; j'étais fier de moi. Mais, soudain, une idée géniale me traversa l'esprit.
– Rasseyez-vous, leur dis-je. Je vais vous prouver

que le garçon sans tête vit ici. Je reviens dans une minute.

Ils me supplièrent de ne pas les laisser seuls. Je remontai quatre à quatre les marches menant au rez-de-chaussée et me précipitai sur mon sac. J'apporte toujours un tas de trucs avec moi quand je fais du baby-sitting. Des masques, des fausses mains, bref, tout ce qui peut faire peur. Cette fois-ci, mon sac contenait un masque en caoutchouc particulièrement répugnant, une sorte de tête à moitié décomposée. Il y manquait un œil, et on avait l'impression que du pus dégoulinait de grosses verrues brunâtres. Des lambeaux de peau pendaient aux joues.

– C'est parfait ! murmurai-je d'un air ravi.

Mon plan était absolument diabolique !

Je remontai ma chemise au-dessus de mon crâne et la reboutonnai. Puis, à l'aide d'épingles de nourrice, j'accrochai le masque au col de ma chemise. On aurait dit que j'avais une nouvelle tête, un peu surélevée. Je me regardai dans un miroir. L'illusion était presque parfaite. J'étais devenu le fantôme tant redouté de cette maison.

Mon petit spectacle pouvait commencer. Je redescendis à la cave.

– Je suis le fantôme sans tête ! hurlai-je d'une voix d'outre-tombe. Cette cave est mon domaine ! Malheur à ceux qui s'y aventurent ! Ils vont mourir...

En me voyant approcher, Ralph poussa un cri de terreur. Mais Jennifer haussa les épaules.

– Je sais que c'est toi, Brandon, dit-elle.

– Je suis le garçon sans tête, insistai-je. Ce que vous voyez est un masque. Si vous ne me croyez pas, arrachez-le !
Les deux gamins hésitèrent.
– Allez-y ! leur ordonnai-je. Arrachez mon masque !
Jennifer fit un pas en avant. Elle tendit ses deux mains, retint son souffle et tira sur le masque.
En découvrant que je n'avais pas de tête, mes petits protégés poussèrent des hurlements à faire trembler les murs. Puis ils se mirent à pleurer.
J'avais gagné. J'étais vraiment le meilleur !
Je ne fis pas le fier très longtemps.
Lorsque je fis demi-tour pour remonter au rez-de-chaussée, c'est moi qui hurlai comme un possédé !

Je hurlai parce qu'en face de moi se tenaient M. et Mme Fuller, les parents de Ralph et Jennifer. Et ils n'avaient pas du tout l'air contents.
Je fis émerger ma tête de sous ma chemise.
– Qu'est-ce qui se passe ici ? demanda Mme Fuller en se précipitant vers ses enfants. Pourquoi pleurez-vous ?
M. Fuller me dévisageait avec sévérité :
– Eh bien, Brandon ? Qui a mis les enfants dans cet état ?
Je haussai les épaules :
– Qu'est-ce que j'en sais ? Peut-être que quelqu'un leur a fait peur ?
De retour chez moi, ce soir-là, je téléphonai à mon meilleur copain, Cal. C'est une vraie bête. Il mesure presque un mètre quatre-vingts et pèse au moins quatre-vingt-dix kilos.
Lui aussi adore terroriser les autres. Il est moins doué que moi, mais il aime s'en prendre aux plus

faibles que lui. C'est pour ça qu'on s'entend si bien.

— Cal, dis-je quand il eut décroché, je viens de faire un truc génial. J'ai fichu une trouille bleue aux enfants des Fuller en me baladant sans tête !

— Ouaaah ! s'exclama Cal. Mais comment t'as fait ?

Je lui expliquai en deux mots mon stratagème. Il poussa un nouveau « ouaaah ! » admiratif.

— Ça te dirait de faire la même chose pour Halloween ? lui suggérai-je. Deux monstres sans tête, ça va faire mourir de peur tout le quartier !

— Génial ! répondit Cal. Et peut-être même qu'on réussira à entraîner quelqu'un dans la maison hantée. Tu sais, cette vieille bicoque, au fond de l'impasse !

Je connaissais bien cet endroit. Cal et moi, on y avait déjà enfermé pas mal de petits de sept à huit ans. Puis on restait dehors un moment, à les écouter crier. C'était vraiment bien.

— Il va être super, ce Halloween ! commentai-je.

Il fallait que je raccroche. Depuis le début de la conversation, ma mère m'appelait de la cuisine.

— J'arrive ! lançai-je, exaspéré.

Ma mère avait l'air hors d'elle. Ses yeux lançaient des éclairs, et elle serrait les poings. J'avais une vague idée de la raison de sa colère.

— Brandon, s'écria-t-elle, M. Fuller a téléphoné juste avant ton retour.

— Ah bon ? fis-je, mine de rien. Et qu'est-ce qu'il a dit ?

— Ne fais pas l'innocent ! glapit ma mère. Il paraît

que tu as terrifié Ralph et Jennifer, et qu'ils n'arrêtent pas de pleurer depuis une heure ! M. Fuller m'a juré que c'était la dernière fois que tu faisais du baby-sitting chez eux. Et il a ajouté qu'il ne te payerait pas cette soirée.
Je baissai les yeux.
– Je suis désolé, M'man, murmurai-je.
Généralement, ça marchait bien. À chaque fois que j'étais dans une mauvaise passe, je disais : « Je suis désolé », d'un air si doux, si sincère, que ma mère n'y résistait pas.
Mais, cette fois-ci, ça coinçait. Ma mère ne desserrait pas les poings.
– Vraiment désolé, repris-je, encore plus candide.
– Ah oui ? s'emporta ma mère. C'est bien la moindre des choses ! Mais pourquoi, pourquoi fais-tu ça, Brandon ? ! Pourquoi passes-tu ton temps à faire peur aux autres ?
– Parce que c'est drôle, répondis-je d'une petite voix.

Le lendemain, au collège, je portais un gobelet plein d'eau oxygénée en salle de sciences quand je croisai Cal dans le couloir. Il était occupé à enfermer un élève de sixième dans un placard.
Le gamin l'avait bien cherché. Il avait marché sur les nouvelles Nike de Cal. Un crime impardonnable ! Une fois le petit dans l'armoire, Cal ferma la porte à double tour et glissa la clé dans sa poche.
Je lui donnai une claque sur l'épaule au passage.

– Bien joué, mon gars ! lui dis-je avant de continuer mon chemin.
Un peu plus loin, j'aperçus Vinnie, mon cousin. Il venait dans ma direction, le nez plongé dans son livre d'histoire.
– Attention, Vinnie ! m'écriai-je quand il fut près de moi. Je dois porter ça en salle de sciences : c'est du vitriol !
Il leva sur moi des yeux effrayés. Au même moment, je fis semblant de glisser, projetant tout le liquide sur son visage et son pull.
Et, pour rendre l'histoire encore plus vraisemblable, je poussai en même temps que lui un cri d'horreur.

Vinnie hurla. Il tomba à genoux, le visage caché dans ses mains, se tordant dans tous les sens.
— C'est bon, calme-toi ! lui dis-je. Ce n'est que de l'eau oxygénée.
— Quoi ? répondit-il en levant la tête. De l'eau oxygénée ?
— C'était pour rire ! m'exclamai-je.
Il avala péniblement sa salive deux ou trois fois de suite. Puis il se releva lentement. Il était blême.
— C'est pas drôle ! lança-t-il, furieux.
— Je peux te jurer que si !
— Oh non, Brandon. Ce n'était pas drôle ! dit soudain une voix grave derrière moi.
Je fis volte-face, et me retrouvai nez à nez avec M. Benson, mon prof de gym.
Le prof que je déteste le plus.
— Pas drôle du tout, ajouta-t-il en posant sur mon épaule une main aussi large qu'un battoir.
M. Benson doit mesurer dans les deux mètres. C'est

un énorme tas de muscles. Dans son dos, les élèves l'appellent « Montagne ». Il a de longs cheveux noirs et épais, qu'il porte souvent en queue de cheval, et des sourcils qui ressemblent à de grosses chenilles velues. Il est toujours vêtu de vieux jeans usés, de chemises à carreaux et il a un petit anneau en argent l'oreille gauche.
Beaucoup d'élèves le trouvent sympa. Mais, moi, je ne l'aime pas. Il est beaucoup trop sévère. Pendant les cours, il ne me quitte jamais des yeux.
– Inutile de me raconter des histoires, me prévint-il. J'ai tout vu, du début à la fin.
Tout ce que je pus répondre, ce fut un « Ah ! » à peine audible.
– Connais-tu ce principe fondamental de la vie en société ? poursuivit-il. « Traite les autres comme tu aimerais qu'ils te traitent ! »
– Non, grommelai-je.
Un groupe d'élèves s'était formé autour de nous. Ça commençait à être gênant. Montagne gardait toujours sa grosse patte posée sur mon épaule.
Deux ou trois filles demandèrent à Vinnie pourquoi il était mouillé. M. Benson se pencha vers moi. Son haleine sentait le café. Beurk !
– Tu aimerais que Vinnie te jette de l'eau à la figure ? poursuivit le prof.
– J'ai glissé, me défendis-je. C'était un accident.
Benson hocha la tête en fronçant les sourcils :
– Brandon, je te répète que j'ai tout vu !
– Il m'a dit que c'était du vitriol ! se plaignit Vinnie.

Quelques élèves poussèrent des cris d'indignation.
« Quel fayot ! Il me le paiera ! » me promis-je.
– Viens avec moi ! m'ordonna Benson en m'entraînant vers le gymnase.
– Je vais être en retard à mon cours de sciences ! protestai-je.
– Tant pis. On a besoin d'avoir une petite conversation, toi et moi. Mais, avant, je vais te lire l'article quarante-trois du règlement scolaire.
– De quoi ça parle ? demandai-je, l'air maussade.
– De la cruauté envers les autres.
Après avoir refermé la porte du gymnase, Benson me fit asseoir en face de lui.
– Jusqu'à la fin de la semaine, tu viendras nettoyer cette salle après les cours, annonça-t-il.
– Mais ce n'est pas moi qui la salis ! protestai-je.
Il fit la sourde oreille et sortit de sa mallette une grande feuille plastifiée. C'était le règlement scolaire. Puis il commença à lire l'article quarante-trois. Je ne l'écoutais pas. Je préparais déjà ma revanche. « Benson, me dis-je, tu mérites un petit traitement spécial pour Halloween. Je n'aime pas m'en prendre aux adultes ; mais toi, tu l'as cherché. »

Après les cours, j'allai nettoyer le gymnase. En ressortant, j'étais d'une humeur exécrable.
Je rentrais à la maison en donnant des coups de pied dans mon cartable. Il était tard. Il faisait presque nuit. Il soufflait un vent humide et froid. Des feuilles d'automne tournoyaient autour de moi.
Arrivé chez moi, j'envoyai mon cartable s'écraser contre la porte et fis le tour de la maison. J'escaladai un petit chêne dont une branche touchait la fenêtre de la chambre de ma sœur. Par chance, elle était entrouverte. En jetant un coup d'œil à l'intérieur, je constatai qu'il n'y avait personne. La lumière était allumée, ainsi que l'écran de l'ordinateur. Ça voulait dire que Maya n'allait pas tarder à revenir.
Je tendis l'oreille. Des pas résonnèrent dans le couloir. Je me collai à la façade de la maison pour ne pas être vu. Du coin de l'œil, je vis ma sœur entrer. Elle portait un bol de cacao.
Génial !

Elle s'approcha de son bureau, faisant attention de ne pas renverser son chocolat. C'est le moment que je choisis pour quitter ma branche et bondir dans la pièce en poussant mon fameux cri.
– AAAAAAH !
Le résultat ne se fit pas attendre. Les yeux de Maya s'écarquillèrent, elle ouvrit grand la bouche, mais aucun son n'en sortit. Évidemment, elle laissa tomber le bol. Le cacao éclaboussa la moquette.
– Brandon ! s'écria-t-elle au bout d'un moment. Espèce de crétin !
– Oh, c'était pour rire !
Maya se précipita sur moi et me martela la poitrine de ses petits poings. C'était trop drôle !
– Bon, ça va, dis-je pour la calmer. Je vais t'aider à nettoyer.
J'avais retrouvé toute ma bonne humeur. Rien de tel qu'une bonne blague pour me remettre d'aplomb !
– Promets-moi de ne plus recommencer, me supplia Maya en ramassant son bol.
– C'est promis, répondis-je.
– Promets-le sur la tête de papa et maman !
– Je le promets sur la tête de papa et maman, fis-je.
Les promesses, c'est facile à faire. Ce ne sont que des mots, c'est-à-dire du vent. Pas vrai ?
J'allai chercher une éponge et nettoyai les taches de cacao sur la moquette. Elles ne partirent pas complètement, mais ça, je n'y pouvais rien !
Quand j'eus terminé, Maya me montra son costume

de Halloween. Elle avait choisi, comme d'habitude, de se déguiser en princesse.
— Et toi ? me demanda-t-elle. Qu'est-ce que tu vas porter ?
— Moi, rien, répondis-je. Les déguisements, c'est bon pour les bébés. Tout ce que je prévois, c'est de faire peur aux autres dans la rue et de leur piquer leurs sachets de bonbons.
Maya me dévisagea, incrédule :
— Tu rigoles ?
— Pas du tout !
Je baissai la voix et ajoutai :
— Tu sais ce qu'on va faire, Cal et moi ?
— Un truc horrible, à tous les coups, répondit ma sœur en faisant la grimace.
— Très juste. On a décidé de mettre la maison de Benson sens dessus dessous. Il en aura pour huit jours à faire le ménage.
— C'est complètement idiot comme idée ! commenta Maya.
— Ah bon ? Et pourquoi ça ?
— Parce que tu es idiot. Et Cal est encore pire que toi.
— Dis donc, tu t'es déjà regardée ? répliquai-je.
Si ma sœur voulait une dispute, j'étais prêt.
— Et puis, cet endroit est bizarre, ajouta ma sœur.
Elle n'avait pas tort. Mon prof de gym vivait dans une maison vraiment pas comme les autres. Elle était immense, à moitié délabrée, et construite au bord du ravin aux Corbeaux, une sorte de précipice

étroit et profond à la sortie de la ville.
— D'ailleurs, tu sais que papa et maman nous ont interdit de nous approcher du ravin, me rappela Maya. C'est trop dangereux.
— Je m'approche du ravin quand ça me chante, la provoquai-je. D'ailleurs, je te parie que j'arrive à sauter par-dessus.
Ma sœur tressaillit :
— Tu ne vas quand même pas essayer, dis ? Brandon, des enfants sont morts en essayant de sauter par-dessus ce ravin !
— Et alors ? rétorquai-je.
En réalité, je n'avais aucune envie de risquer ma vie. Ce ravin avait à peu près deux mètres de large, et depuis toujours des enfants s'étaient défiés de sauter par-dessus. Certains y étaient arrivés, d'autres pas...
— Tu vas t'attirer des ennuis, me prévint ma sœur.
— Merci du conseil, Maman ! me moquai-je.
Maya fronça les sourcils :
— Si tu entres dans la maison de ton prof, tu te feras attraper.
— C'est ce que tu crois. Mais tu oublies que, Cal et moi, on est rusés comme des renards.
Si seulement j'avais écouté ma sœur...

Le soir de Halloween, Cal m'appela.
– Alors, c'est aujourd'hui qu'on se balade sans tête ? demanda-t-il.
– Gagné ! répondis-je.
– Donc, je n'ai pas besoin de costume ? ajouta-t-il.
– Non, mais si tu veux, je peux te prêter un de mes masques ; tu pourras le fixer sur tes épaules.
– Et tout ce qu'on va faire, c'est flanquer la frousse aux autres enfants pour leur voler leurs bonbons, c'est bien ça ?
Je soupirai. Parfois, Cal est un peu lent.
– Oui. Et ensuite, on fera un tour dans la maison de Benson, histoire d'y mettre un peu la pagaille.
– Génial ! commenta Cal.
– Bon, dépêche-toi, il fait déjà nuit. Je t'attends devant chez moi, conclus-je.
Je choisis dans ma collection deux masques particulièrement répugnants et dévalai l'escalier. Dans l'entrée une surprise m'attendait.

Un gamin en costume de Batman venait d'entrer chez nous. Je crus d'abord qu'il voulait demander des friandises, mais je ne tardai pas à reconnaître Vinnie, mon cousin.
– Salut, Brandon ! me lança-t-il de son air niais.
– Qu'est-ce que tu fais là ? répondis-je.
Au même moment, ma mère sortit du salon.
– Tu ne trouves pas son déguisement réussi ? me demanda-t-elle.
– Qu'est-ce qu'il fabrique ici ? répétai-je.
– Il va t'accompagner dans ta tournée de Halloween, annonça ma mère.
– Quoi ?
– Oui, et je te signale que ta sœur et trois de ses camarades font également partie du groupe.
– C'est une blague, j'espère ? dis-je en faisant la grimace.
– Non, c'est ton devoir de grand frère, répliqua ma mère.
– Jamais de la vie ! m'exclamai-je. Jamais !
Maya et ses trois copines dévalèrent l'escalier. Ma sœur était déguisée en princesse, et les trois autres en fées. Et il fallait que je me balade dans le quartier avec ça ?
– On y va ? demanda Maya.
– Pas question ! hurlai-je. Tu entends ? PAS QUESTION !
Ma mère fronça les sourcils.
– Brandon, dit-elle calmement. Je ne te demande pas ton avis. Soit tu emmènes les autres, soit tu restes ici.

La tête de Cal apparut dans l'entrebâillement de la porte :
— Bonsoir, Madame ! Salut, Brandon, tu es prêt ?
— Bonsoir, Cal, répondit ma mère. Je disais justement à Brandon que vous alliez escorter ces enfants dans leur tournée.
En voyant la petite troupe, Cal s'étrangla.
— A... ah bon ? finit-il par articuler.
— Alors, on y va ? s'impatienta Vinnie. J'ai chaud, moi, sous ce masque !
Ma mère me fixait des yeux, les bras croisés. Je compris que je n'avais pas le choix.
— T'inquiète, murmurai-je à Cal. On va se débarrasser de ce petit monde vite fait.
Je me tournai vers les autres :
— D'accord, on vous emmène. En route !
Avant de refermer la porte derrière nous, ma mère me prit à part.
— Je compte sur toi pour que tout se passe bien, me prévint-elle.
— Oui, bien sûr, marmonnai-je.
Elle pouvait toujours rêver !
Je laissai les gamins traverser la rue. La nuit était assez claire et froide. La lune apparaissait et disparaissait derrière des lambeaux de nuages.
C'était une nuit idéale pour terroriser les enfants. Sauf que, pour le moment, j'en étais à jouer les baby-sitters ! J'étais fou de rage.
Les filles n'arrêtaient pas de pouffer de rire et de jacasser. Vinnie, lui, essayait de suivre le rythme.

D'autres groupes avaient déjà commencé leur tournée. Cal et moi, on laissa Vinnie et les filles sonner à plusieurs portes pour demander leurs friandises.
— Elle commence bien, ta nuit d'horreur! ironisa mon copain.
— Patience, je t'ai dit qu'on allait se débarrasser d'eux, répondis-je entre les dents.
Il fronça les sourcils :
— Tu veux les laisser en plan?
— Bien sûr. Pourquoi pas?
— Mais les filles n'ont que sept ans! me fit-il observer.
— Elles ont déjà rencontré plein de copines, lui dis-je. Elles ne remarqueront même pas notre disparition.
Maya et ses amies s'étaient arrêtées à un carrefour et parlaient à un groupe d'enfants. Par contre, impossible de repérer Vinnie.
— Allez, viens, on court! ordonnai-je à Cal.
Nous détalâmes comme des lapins. Dix secondes plus tard, nous tournions à l'angle d'une rue. Les filles ne nous avaient pas vus. C'était gagné!
— Ne t'arrête pas! lançai-je à Cal.
Trois rues plus loin, j'entendis soudain des pas derrière nous. La voix essoufflée de Vinnie nous parvint :
— Hé! Attendez-moi!
Il nous rattrapa. Il était si rouge qu'on avait l'impression qu'il allait exploser.

— J'ai failli vous perdre, expliqua-t-il. Ce masque n'est pas terrible : on ne voit rien au travers. Et puis, avec ce costume, j'ai l'impression d'être dans un sauna. On bout là-dedans !
— Tu aurais peut-être mieux fait de te déguiser en Pocahontas, persiflai-je.
Vinnie retira son masque et regarda autour de lui.
— Où sont les filles ? demanda-t-il.
— Euh… elles sont parties avec un autre groupe, bredouillai-je.
Cal s'empressa de hocher la tête.
— Tu veux aller les retrouver ? suggéra-t-il à mon cousin.
— Certainement pas, répondit celui-ci. Je préfère rester avec vous. J'ai un peu peur. Il fait très noir ici.
Cal et moi poussâmes un long soupir avant de nous remettre en route d'un pas pressé. Vinnie trottait derrière nous.
— Il va tout faire rater ! protesta Cal à mi-voix. On ne va pas pouvoir terroriser le moindre enfant !
— On va se débarrasser de lui aussi, murmurai-je. J'ai un plan.
— Mais si on l'abandonne, il va aussitôt se mettre à hurler, non ?
— Et alors ? Quelqu'un aura pitié de lui et le ramènera à la maison.
— Et ta mère ? Qu'est-ce qu'elle va dire ?
Je haussai les épaules :
— Je lui dirai que Vinnie s'est sauvé, et qu'on a passé

toute la nuit à le chercher.
Nous conduisîmes Vinnie jusqu'à la maison hantée, au fond de l'impasse. En pleine nuit, elle était encore plus sinistre.
– Tu veux l'enfermer là-dedans ? demanda Cal.
– Non, juste attendre qu'il soit devant la porte, et partir en courant, expliquai-je.
Je me tournai vers Batman et ajoutai :
– Et si tu allais sonner chez ces gens ?
Sans attendre sa réponse, j'ouvris la grille et le poussai dans l'allée. Aucune lumière n'était allumée dans la maison. Quand Vinnie arriva sur le perron, on ne le voyait presque plus.
Je fis demi-tour et me mis à courir, suivi par Cal.
Nous commencions à prendre de la vitesse quand un cri strident déchira la nuit.
Vinnie !
Je stoppai net et tendis l'oreille. Cal me regarda d'un air angoissé.
Un nouveau cri retentit, encore plus affreux. Un cri interrompu en plein milieu.
Puis… le silence.

7

J'éclatai d'un rire nerveux :
– Je parie que ce pauvre Vinnie a rencontré un fantôme !
Cal jeta un coup d'œil par-dessus son épaule :
– Tu ne crois pas qu'on devrait aller voir si tout va bien ?
– Pas question, répondis-je. Il aime crier, c'est tout. De toute façon, s'il s'est passé quelque chose de grave, il est trop tard maintenant.
Cal me dévisagea, incrédule :
– Mais, ta mère…
– Oublie ça, le coupai-je. Maintenant qu'on est débarrassés de tous ces casse-pieds, il est temps d'aller s'amuser.
Je sortis de ma poche les deux masques en caoutchouc et lui en tendis un. Puis je remontai mon blouson au-dessus de ma tête, fis glisser la fermeture Éclair et épinglai mon masque sur mes épaules. Cal m'imita.

– Halloween sans tête ! m'écriai-je. Viens, allons chercher nos victimes !
La rue qui menait au collège était pleine d'enfants. Nous nous cachâmes derrière une palissade. Un groupe passa à côté de nous. Nous bondîmes en hurlant :
– Donnez-nous vos têtes ! Nous voulons vos têtes !
Les gamins poussèrent des cris de terreur et détalèrent comme des lapins. Notre coup marchait à merveille. Nous descendîmes la rue en faisant fuir tous ceux que nous croisions. Deux enfants éclatèrent en sanglots, et un autre tomba de son vélo.
J'étais aux anges.
– Je commence à avoir faim, dit soudain Cal.
– Aucun problème ! répondis-je.
Je me précipitai vers un gamin déguisé en momie et lui arrachai son sac de friandises. Avec tous ses bandages, il ne risquait pas de me courir après ! Cela ne l'empêcha pas de crier comme un fou :
– Rends-moi ça ! Espèce de voleur !
Pour le consoler, je lui lançai une barre de céréales au chocolat, qu'il reçut en pleine figure. J'éclatai de rire et pris mes jambes à mon cou.
À l'abri d'une haie, Cal et moi enlevâmes nos masques et partageâmes notre butin. La momie avait bien travaillé. Son sac était plein à craquer de choses délicieuses.
– Halloween, c'est vraiment la plus belle nuit de l'année ! dis-je en enfournant une poignée de pépites de chocolat dans ma bouche.

Cinq minutes plus tard, le contenu du sac avait fondu de moitié.
- Allons chez Benson ! proposai-je.
- Et les friandises ? s'inquiéta Cal.
- On les emporte, bien sûr ! répondis-je. On aura sûrement faim après avoir tout saccagé là-haut.
Nous enfonçâmes une nouvelle fois nos têtes sous nos blousons, et attaquâmes la côte qui menait au ravin. Les maisons se firent de plus en plus rares, puis elles laissèrent la place à une petite route bordée d'arbres.
- Dis, tu veux vraiment tout casser chez Benson ? me demanda Cal à mi-chemin.
- Évidemment !
- Et s'il est chez lui ? poursuivit Cal.
- On avisera sur place, murmurai-je.
Quelques minutes plus tard, la maison du prof se dressa devant nous. Il faisait nuit noire. Le seul lampadaire censé éclairer le sommet de la colline ne marchait pas. L'endroit était vraiment lugubre. Je contournai le jardin pour jeter un coup d'œil sur le ravin. Il faisait si sombre que j'eus du mal à le localiser.
- Aucune lumière à l'intérieur, dis-je en revenant. Benson est sans doute sorti.
- Ou bien il dort, suggéra Cal.
Nous attendîmes un moment, les yeux rivés sur l'entrée. Soudain, le bruit d'une porte nous fit sursauter. Instinctivement, nous nous baissâmes. La silhouette du prof apparut. Il se dirigea vers son garage.

Quelques secondes plus tard, on entendit le moteur de son break. Benson sortit en marche arrière, fit un demi-tour et s'engagea sur la route sinueuse.

– Super! m'exclamai-je quand la voiture eut disparu. Ça ne pouvait pas mieux tomber.

Cal se pencha vers moi, sans quitter des yeux la vieille bâtisse.

– Alors, qu'est-ce qu'on fait? demanda-t-il d'une petite voix.

– Quelle question! On entre, bien sûr! répliquai-je. C'est Halloween, oui ou non?

Nous n'avions pas fait cinq mètres dans l'allée que des grognements menaçants nous figèrent.

– Qu'est-ce que c'est? chuchotai-je. Des chiens?

– Oui! répondit la voix paniquée de Cal.

Soudain, nous vîmes deux énormes rotweillers foncer sur nous, la gueule ouverte, les crocs étincelants.

– Nooooooon !
Mon cœur fit un bond dans ma poitrine. Mes jambes étaient comme paralysées. J'étais incapable de faire le moindre geste.
Les deux molosses n'étaient plus qu'à quelques mètres…
– On est cuits ! murmurai-je en levant un bras pour me protéger le visage.
Les chiens grognaient de plus belle. Puis ils se mirent à aboyer furieusement.
Surpris, je baissai mon bras. Les deux molosses avaient stoppé net, le cou tendu à l'extrême, tremblant de rage.
– Ils sont attachés ! s'exclama Cal. Dis donc, on l'a échappé belle !
Mon cœur battait si fort que j'avais l'impression qu'il allait exploser.
À quelques pas de nous, les chiens grognaient rageusement. Mais ils semblaient avoir compris qu'ils ne

nous atteindraient pas. Nous éclatâmes de rire : contourner les chiens pour gagner l'entrée de la maison était un jeu d'enfant.

J'étais presque certain que Benson était le genre de type à ne pas fermer sa porte à clé. J'avais raison. Elle s'ouvrit dans un grincement.

– Wouah ! s'exclama Cal. On est chez Benson !

Mes yeux s'habituèrent rapidement au noir. Un long corridor s'ouvrait devant nous. Une odeur poivrée flottait dans l'air. Nous avançâmes prudemment. La première pièce à droite était la cuisine. Les fenêtres étaient ouvertes, et le vent faisait bouger les rideaux. Le robinet de l'évier gouttait.

Cal ouvrit le réfrigérateur et cherchait quelque chose à avaler.

– Il y a des litres de bière là-dedans, commenta-t-il. Pas étonnant que Benson soit si gros.

Il se tourna vers moi, la mine réjouie.

– Bon, qu'est-ce qu'on fait ? demanda-t-il. Ça te dirait d'éparpiller le contenu du frigo partout dans la maison ?

Je ne me le fis pas répéter. Cinq minutes plus tard, la cuisine était tapissée de victuailles de toutes sortes. La table dégoulinait de yaourts et de crème au chocolat, les murs étaient souillés d'œufs écrasés, et on pataugeait dans du lait et du Coca. Un chapelet de saucisses se balançait au plafond.

– Bon, je crois qu'avec ça on en a fait assez, non ? dit mon copain.

– Tu veux rire ? lançai-je. On vient à peine de com-

mencer ! La cuisine, ça ne suffit pas. Viens, on va mettre la pagaille dans son bureau.
Cal hésita :
– Ouais… Tu es sûr ?
– Sûr et certain ! Et on terminera par le salon. On videra les étagères, on renversera les fauteuils, le canapé… Allez, viens !
– On pourrait aussi couper les fils de sa chaîne hi-fi et de sa télé, suggéra Cal.
– Excellente idée ! approuvai-je.
Cal s'était repris. On pouvait continuer. Tant mieux ! Au même moment, la porte d'entrée s'ouvrit brusquement.
On était faits comme des rats !

La porte rebondit contre le mur et se referma avec un bruit sourd.
— S'il nous voit, on est cuits ! murmura Cal, paniqué.
— Vite, par la fenêtre ! criai-je en l'entraînant avec moi.
Un halètement rauque ainsi qu'un bruit de chaînes retentirent dans le couloir.
« Depuis quand Benson se promène-t-il avec des chaînes ? » me demandai-je.
Soudain, je compris :
— Les chiens ! Ils se sont détachés !
J'avais à peine fini que les deux molosses firent irruption dans la cuisine, la gueule écumante, les yeux injectés de sang. Ils foncèrent droit sur moi.
Sans réfléchir, je sautai par la fenêtre, la tête la première. J'atterris sur un parterre de fleurs. Je me relevai en dérapant et me mis à courir. J'avais si peur que je pouvais à peine respirer. La poitrine me brûlait. Mes jambes étaient comme du coton. Derrière

moi, j'entendais les aboiements féroces des deux chiens.

Arrivé au milieu du jardin, je me retournai… et vis la tête et les épaules de Cal qui émergeaient de la fenêtre.

– Brandon ! Au secours ! hurla-t-il.

– Dépêche-toi ! lui criai-je.

Il s'agitait comme un beau diable, mais en vain. La fenêtre était trop étroite pour lui. Il était coincé.

– Viens m'aider ! me supplia-t-il.

Ses appels se mêlaient aux aboiements sauvages des chiens.

– Brandon, vite !

Je fis un pas en arrière, puis m'immobilisai. Que pouvais-je faire pour Cal ? Étais-je capable de l'aider ?

« Ne te pose pas de questions, vas-y ! » disait une voix à l'intérieur de mon cerveau.

« Sauve ta peau ! Tu ne peux plus rien pour lui », susurrait aussitôt une autre.

– Brandon !

Cal poussa un cri horrible. Le haut de son corps glissa en arrière et disparut. J'avalais péniblement ma salive. Les chiens devaient être en train de le réduire en bouillie.

Soudain, je les vis surgir par une porte latérale et traverser le jardin dans ma direction. Leurs aboiements avaient redoublé de férocité. Ils étaient devenus fous.

– Oh non ! murmurai-je d'une voix tremblante.

Je fis volte-face et me remis à courir. Je savais que

mes pas me menaient droit vers le ravin. Mon cœur battait à tout rompre. Quelques secondes plus tard, je me trouvai au bord du précipice. Je tournai la tête. Les chiens fonçaient vers moi, tête baissée, prêts à bondir.

Je n'avais pas le choix ; il fallait que je saute. Il me restait quelques secondes. L'autre côté du précipice n'était qu'à deux mètres. Je baissai les yeux et vis à quel point le gouffre était profond. Je n'avais plus le temps de reculer pour prendre mon élan. Mais je devais essayer de sauter.

Les halètements des chiens étaient tout proches. Je tendis mes muscles, pliai mes genoux et sautai.

– Noooooon !

Un cri d'affolement s'échappa de ma gorge.

Mon saut était trop court.

Il s'en était fallu de quelques centimètres. Dix ou quinze, pas plus. Je sentis mes mains s'agiter dans le vide, mon corps fut comme aspiré par le bas.

J'allais m'écraser sur des rochers. C'était la fin.

Le choc fut brutal. J'eus l'impression que mon corps s'était disloqué. Je fermai les yeux et serrai les dents pour essayer de chasser la douleur.
Au bout de quelques secondes, je scrutai l'obscurité.
– Où suis-je ? me demandai-je, encore à moitié assommé.
Je ne voyais rien. Il faisait noir comme dans un four. Tout à coup, je réalisai que mes mains agrippaient quelque chose. Une racine… La racine d'un arbre poussant de l'autre côté du ravin. J'avais réussi !
Ma chute n'avait été qu'un mauvais rêve. J'étais vivant !
– Cal ? appelai-je.
Avait-il échappé aux deux molosses ? Avait-il sauté, lui aussi ?
Soudain, la racine céda. Mon corps glissa le long de la paroi. Je poussai un cri de terreur et enfonçai mes doigts dans la poussière. M'accrochant à tout

ce que je trouvais, je me hissai péniblement jusqu'au bord du ravin. Une fois sur la terre ferme, je restai un moment allongé sur le ventre, le souffle coupé. Je sentais la terre froide contre mon visage et mes mains.
Au bout de quelques minutes, je me relevai. Je tremblais de tout mon corps.
Je jetai un coup d'œil prudent au fond du ravin. Je l'avais vraiment échappé belle !
– Cal ? appelai-je à nouveau. Cal, où es-tu ?
Pas de réponse. Je ne le vis nulle part. Les chiens avaient disparu également. Tout à coup, je constatai que la maison, elle aussi, était invisible.
« C'est parce qu'il fait trop sombre », me dis-je.
J'époussetai mes habits et jetai un regard circulaire autour de moi. Je commençais à me sentir mieux.
– Comment vais-je faire pour rentrer à la maison ? me demandai-je à voix haute.
Je ne connaissais pas ce côté du ravin. Jamais personne ne s'aventurait par ici. Devant moi se dressait un bois aux arbres immenses. Leurs cimes gémissaient dans le vent. Je repérai un étroit sentier et m'y engouffrai. Je n'avais pas d'autre solution.
« Il y a sans doute des maisons un peu plus loin, me dis-je pour me rassurer. Il est encore tôt. Il y aura sûrement un tas d'enfants dans les rues. »
Plus j'avançais dans la forêt, plus j'avais froid. Je fermai mon blouson. Soudain, au détour du chemin, je vis des maisons, de part et d'autre d'une petite rue.

La rue n'était pas éclairée, pas plus que les habitations. Tout paraissait désert. Il n'y avait pas de voitures non plus.
– Ils ne fêtent pas Halloween ici ? m'étonnai-je.
J'avais faim. Je décidai de faire peur au premier gamin venu et de lui voler ses friandises. Pour cela, je sortis mon masque de ma poche et l'enfilai.
Je parcourus la rue dans les deux sens, sans croiser âme qui vive.
« Mais où sont-ils tous ? » me demandai-je.
J'inspectai les jardins à travers les palissades. Ils étaient vides. En revenant à mon point de départ, je lus le nom de la rue : Première Rue.
C'était tout.
J'étais presque certain qu'elle ne figurait sur aucun plan de la ville. J'en repérai d'autres, parallèles, et décidai de les explorer. Elles étaient encore plus étroites que la première, et les maisons semblaient être faites pour abriter des nains. Ici, à chaque carrefour, un pâle réverbère jetait une lumière blafarde. Et toujours personne. Pas d'enfants, pas de voitures, pas de chiens, pas de bruit de télés ou de bébés qui pleurent.
Rien.
– Vraiment bizarre, ce coin, murmurai-je.
Arrivé dans la quatrième rue, j'essayai de repérer la direction du ravin. Je savais qu'il fallait que je le contourne si je voulais rentrer chez moi. Sur combien de kilomètres, je l'ignorais. Je ne voyais plus la forêt. Était-elle sur ma droite, sur ma gauche ?

« Il faut absolument que je trouve quelqu'un à qui demander mon chemin », me dis-je.
La quatrième rue était aussi déserte que les autres. Pour briser le silence, je me mis à siffloter un air, de plus en plus fort. Peut-être finirait-on par m'entendre ?
Quel était ce quartier où les gens semblaient tous se coucher à huit heures du soir ? La nuit de Halloween, en plus !
Soudain, quelqu'un apparut au bout de la rue. Il marchait dans ma direction.
– Hé ! criai-je. Bonsoir !
Pas de réponse. Je me mis à courir.
– Bonsoir ! répétai-je. Excusez-moi, je me suis perdu.
Mais la silhouette continuait à marcher en silence, les bras tendus le long de son corps, presque comme un automate.
Quand elle arriva sous le lampadaire, je pus distinguer ses traits…
Je poussai un cri de surprise.

11

J'étais face à face avec un garçon de ma taille. Il portait un masque. Un masque identique au mien ! Où l'avait-il trouvé ? On m'avait pourtant dit qu'il s'agissait d'un modèle unique.
Le garçon s'approcha de moi, et je vis ses yeux me fixer. Il portait un vieux blouson et un jean usé.
– Où est-ce que tu as acheté ce masque ? lui demandai-je.
Il haussa les épaules :
– Je ne sais plus.
– Mais c'est le même que le mien !
– Oui, se contenta-t-il de répondre.
Il continuait à me dévisager comme s'il cherchait à me reconnaître.
– J… je me suis perdu, bredouillai-je. Il s'appelle comment, ce quartier ?
– Dis-moi d'abord comment tu es arrivé ici, dit-il.
– Je… j'ai sauté par-dessus le ravin. J'étais poursuivi par des chiens. Alors, j'ai tenté ma chance…

Il sembla hésiter quelques secondes avant de répondre d'une voix très douce :
— C'est vraiment dangereux.
J'eus un petit rire nerveux :
— Ouais, je sais.
— Et tu sais aussi que des tas d'enfants sont morts en essayant de le faire ? poursuivit-il.
— Oui. Mais moi, j'ai eu de la chance... Remarque, il s'en est fallu de peu.
— Tu as eu de la chance, oui, reprit le garçon, le regard toujours fixé sur moi.
— Tu n'aurais pas quelques friandises ? dis-je pour changer de sujet. J'ai une de ces faims !
Il fit non de la tête.
— Je n'ai pas fait de tournée de Halloween, m'expliqua-t-il. Avec quelques copains, on a préféré faire une fête. C'est là-bas.
Il m'indiqua une vieille bicoque en bois de l'autre côté de la rue.
— Comment ça se fait que tout soit si calme ici ? demandai-je.
— C'est un quartier résidentiel, répondit-il. Il y a peu d'enfants.
— En plus, vos rues sont drôlement sombres !
— Tu as peur du noir ?
— Non, bien sûr. Mais je n'aime pas me perdre. Tu peux m'indiquer comment retourner en ville ?
— C'est par là, répondit-il en faisant un vague geste de la main. Tu ne veux pas venir avec moi à la fête ?
— Une fête de Halloween ? demandai-je. Quel âge

as-tu ? Je croyais que ce n'était que pour les grands ? Il se passe des trucs bizarres à ces soirées, non ?
— Pas à la nôtre, répondit-il en se dirigeant vers la maison.
Je le suivis.
— Est-ce qu'il y aura à manger ? demandai-je
— Bien sûr. Comme à toutes les fêtes.
— Alors, je viens… Au fait, tu t'appelles comment ? lui demandai-je.
— Norband.
« Drôle de nom », pensai-je.
— Tout le monde m'appelle Norb, ajouta-t-il en pressant le pas.
— Moi, c'est Brandon.
Norband s'arrêta devant la porte et se tourna vers moi :
— Tu es sûr que tu veux venir ?
— Oui, pourquoi ? demandai-je en fronçant les sourcils.
— Pour rien.
— Mais je ne resterai pas longtemps. Ensuite, tu me montreras le chemin pour aller en ville, d'accord ?
Sans me répondre, il poussa la porte et pénétra dans la maison.
J'entrai à mon tour. Il y faisait un noir d'encre.
— Hé ! Pourquoi il n'y a pas de lumière ? m'exclamai-je. Qu'est-ce qui se passe ici ?

12

Norb se tourna vers moi :
– Un problème, Brandon ? La fête est en bas, dans la cave.
Je me sentis ridicule. En traversant la maison, j'entendis en effet de la musique et des rires en provenance du sous-sol. Norb finit par ouvrir une porte donnant sur un escalier. Le bruit de la fête devint assourdissant. Il descendit les marches, me faisant signe de le suivre.
– Elle est à qui, cette maison ? lui demandai-je.
À nouveau, il ne me répondit pas. En bas, des spots de toutes les couleurs éclairaient les murs. Je vis des ombres danser sur une musique techno à plein volume. Je fis quelques pas et me retrouvai dans une pièce assez spacieuse, décorée avec de fausses toiles d'araignée, des chauves-souris en plastique, des citrouilles transformées en masques effrayants, bref, tout ce qu'il fallait pour un bon Halloween. La cave était pleine de garçons et de filles de mon âge

environ, tous déguisés. La plupart des filles dansaient sous le regard des garçons qui, par petits groupes, riaient et parlaient fort.
— Voici Brandon ! annonça Norb à la cantonade.
Un garçon déguisé en squelette s'approcha de moi. C'était peut-être le fils des propriétaires de la maison ?
— Moi, c'est Max, se présenta-t-il.
— Brandon a faim, lança Norb avant de s'éloigner pour aller saluer deux filles.
Max m'indiqua une table, dans un coin de la pièce :
— Toute la nourriture est là-bas, dit-il. Viens, je vais te montrer.
La table était couverte d'une nappe en papier orange et noir. Je vis des piles de beignets et de cookies, des bols de chips et deux énormes tartes aux pommes à moitié entamées.
— Propose-lui un beignet ! suggéra Norb, réapparu à côté de nous.
— Ça te va ? demanda Max.
— Et comment ! J'adore ça.
Je tendis la main pour prendre un beignet. Norb me fixait à travers son masque.
— Ceux-là sont fourrés, m'annonça-t-il.
— Tant mieux ! À quoi ? me renseignai-je.
— Tu verras, dit Max.
Je mordis à pleines dents dans le beignet, saupoudré de sucre et de cannelle. Max et Norb ne me quittaient pas des yeux. Soudain, je sentis quelque chose de visqueux sur ma langue. Je fis la grimace et examinais l'intérieur du beignet.

On aurait dit que cela grouillait. Je regardai de plus près.
C'étaient des vers. De gros vers brun et rouge ! Je poussai un cri de dégoût et recrachai tout ce que je n'avais pas encore avalé.
Les vers commençaient à ramper sur ma main. Pris de panique, je jetai le beignet par terre.
– C'est répugnant ! m'exclamai-je.
Norb ne m'écouta pas. Il se baissa, ramassa l'infecte pâtisserie et me la mit sous le nez. Je voulus me défendre, mais Max m'immobilisa les bras.
– Mange-le, Brandon, m'ordonna Norb. En entier !

13

Je tentai de me débattre, mais Max me tenait fermement.
– Non ! protestai-je.
Norb enfonça le beignet dans ma bouche. Je sentis les vers grouiller sur ma langue. Je voulus les recracher, mais Norb m'en empêcha en pressant sa main contre mes lèvres.
– Mâche ! ordonna-t-il. Vas-y, mâche !
Je n'avais pas le choix.
Des larmes coulaient de mes yeux écarquillés. Je suais à grosses gouttes. J'essayais désespérément d'imaginer que je mangeais autre chose. Du hachis Parmentier, par exemple, ou des tagliatelles…
Je retins ma respiration et avalai. Cinq minutes plus tard, il ne restait plus rien du beignet.
Max et Norb me relâchèrent. Je me traînai en titubant jusqu'à un fauteuil, l'estomac secoué de spasmes, les genoux tremblants. J'étais en nage. Un goût horrible envahit ma bouche.

– Pourquoi ? hoquetai-je. Pourquoi vous faites ça ?
Les deux garçons ricanaient.
– Mais parce que c'est Halloween ! répondit Norb. Tu ne t'en souvenais plus ?
– Tu ne ferais pas ce genre de blagues, toi ? renchérit Max.
– Ce n'était pas une blague ! protestai-je. C'était de la torture ! Vous êtes de vrais malades ! Salut ! Moi, je me tire !
Je voulus me diriger vers l'escalier, mais Max et Norb m'agrippèrent par les épaules.
– Attends un peu ! Tu viens à peine d'arriver...
– La fête n'a même pas encore commencé.
Leurs yeux brillaient derrière leurs masques.
– Lâchez-moi ! me défendis-je. Elle est nulle, votre fête !
Au lieu de m'écouter, ils me tordirent un bras.
Tous les enfants riaient et applaudissaient. Norb me donna une grande claque dans le dos.
– Alors, Brandon, dit-il, elle ne te plaît pas, notre petite fête d'Halloween ?
Je vis ses yeux étinceler sous son masque.
– Fais-lui vraiment peur ! lança soudain quelqu'un.
Des voix fusèrent :
– Oui !
– Bonne idée !
– Génial ! Vas-y !
« C'est un cauchemar ! pensai-je. Je vais me réveiller. Ces enfants sont monstrueux ! »
– Je veux partir maintenant, dis-je à Norb.

Ma voix tremblait. Comme Norb ne me répondait pas, j'insistai :
– Vous ne pouvez pas m'obliger à rester...
– Bien sûr que si, rétorqua Norb.
Sur un signe de sa main, quatre ou cinq garçons m'entourèrent.
– Fais-lui peur ! Fais-lui peur ! scandaient les autres.
Norb me tordit l'épaule jusqu'à me faire crier.
– On va jouer à un jeu, proposa-t-il. Tout le monde joue à des jeux le soir de Halloween, pas vrai, Brandon ?
– Je veux partir ! répétai-je. Vous ne pouvez pas me garder ici. C'est... du kidnapping !
Tout le monde éclata de rire. Qu'avais-je dit de si drôle ?
– Je ne plaisante pas ! Laissez-moi sortir d'ici.
– Qu'est-ce que tu dirais d'une partie de colin-maillard ? demanda Norb.
– Non ! hurlai-je. Je ne veux pas jouer, je veux partir !
Norb m'enfonça un doigt entre les épaules.
– D'abord, on joue, siffla-t-il en me poussant vers le centre de la pièce. Tu vas voir, c'est très drôle. Et très effrayant.
Max m'immobilisa une nouvelle fois les mains tandis qu'un autre garçon me bandait les yeux avec un foulard noir.
Soudain, quelqu'un me donna un violent coup derrière les genoux. Je tombai par terre en gémissant.
– Allez, ordonna Norb, compte jusqu'à dix !

- Non ! répliquai-je en m'asseyant, les bras croisés.
Tous ces fous m'entouraient. Je le sentais. Certains poussaient des grognements.
- Tu ferais mieux de profiter de cette première moitié de la fête, murmura Norb. Parce que, après, ce ne sera plus drôle du tout. Pour toi.
- Quoi ? lançai-je. Qu'est-ce que tu veux dire ?
Il ne répondit pas.
- Qu'est-ce que vous allez faire ? demandai-je, complètement paniqué. Qu'est-ce que vous allez me faire ?

14

Norb m'obligea à me relever. La partie de colin-maillard consistait à ce que chacun me pousse sans prévenir pour me faire tomber.
« Mais qui sont-ils ? n'arrêtais-je pas de me demander. Et pourquoi sont-ils aussi cruels ? »
Je commençais à avoir vraiment peur. Jusqu'où iraient-ils ? Allaient-ils me torturer toute la nuit ?
Je n'eus pas le temps de m'en préoccuper d'avantage. Soudain, quelqu'un bondit sur mon dos et passa ses bras autour des miens.
– Alors, Brandon, tu as peur ? demanda une voix de fille en ricanant.
Quelqu'un d'autre m'attrapa les pieds. Je perdis une nouvelle fois l'équilibre, sans la moindre chance de pouvoir me rattraper. Cette fois-ci, pourtant, on m'empêcha de tomber.
– Laissez-moi, à la fin ! suppliai-je. Vous n'en avez pas marre ?
Soudain, la fille sur mon dos devint plus légère. Que

se passait-il ? J'entendis une sorte de sifflement. Quelqu'un m'arracha mon bandeau. Je baissai les yeux sur les bras qui me retenaient prisonnier... pour me rendre compte qu'ils commençaient à se transformer ! Ils devenaient plus fins, se couvraient d'écailles verdâtres. Ils étaient froids et lisses.
Un autre sifflement, juste derrière ma tête. Quelque chose s'enroulait autour de mon torse, remontait lentement vers mon cou, me serrant si fort que j'avais de plus en plus de mal à respirer. Puis, soudain, à hauteur de mon visage, une mâchoire énorme...
La mâchoire d'un serpent !
Je ne tardai pas à constater que le corps du garçon qui me tenait les pieds se métamorphosait de la même façon.
Il serra mes jambes, puis mon bassin, mes bras...
– Noooooon !
Je poussai un hurlement de terreur qui s'étrangla dans ma gorge.
Le corps du premier serpent, visqueux, était enroulé autour de mon cou. Son sifflement me transperçait les oreilles. J'étais en train d'étouffer. J'avais de moins en moins d'air. De moins... en moins... d'air. Je m'écroulai sur le sol. Dans ma chute, je parvins à dégager un de mes bras. Instinctivement, j'agrippai le serpent qui m'étranglait et tirai de toutes mes forces. Il s'enroula autour de mon bras. Je respirai de nouveau.
Il ouvrit une gueule menaçante. D'un geste violent,

je l'envoyai rebondir contre un mur.

Le deuxième serpent eut un mouvement de recul. J'en profitai pour l'attraper à son tour et le jeter sur les autres enfants.

Ces derniers m'encerclaient toujours. Ils paraissaient être en transe.

– Faites-lui peur ! Faites-lui peur ! criaient-ils en frappant dans leurs mains.

« Il faut que je m'échappe d'ici », me dis-je.

Mais comment faire ? Je regardai fébrilement autour de moi. Tout à coup, dans la pénombre, je reconnus l'escalier. En levant les yeux, je vis que la porte donnant sur le rez-de-chaussée était restée ouverte.

Je devais tenter ma chance. Il n'y avait qu'une solution : m'y précipiter, en espérant que mes tortionnaires ne réagiraient pas tout de suite.

Je pris mon élan.

Je n'avais pas fait trois pas qu'une main s'écrasa sur mon épaule. C'était Norb. Ses yeux cruels me fixèrent intensément.

– Attends, tu n'as pas vu le plus beau, annonça-t-il. Je vais te faire disparaître !

– Noooon ! m'écriai-je, désespéré.
Des deux mains, je saisis le poignet de Norb et le forçai à lâcher prise. Derrière son masque répugnant, ses yeux trahirent sa surprise.
Je ne lui laissai aucune chance de recommencer. Je fonçai vers l'escalier. Les cris cessèrent sur-le-champ. Je baissai la tête, prêt à cogner tous ceux qui tenteraient de m'arrêter. Des mains m'agrippèrent. Je me dégageai.
Plus que quelques pas… Soudain, je tombai de tout mon long. Quelqu'un venait de me faire un croche-pied.
Je poussai un cri de douleur, mais je parvins à me redresser et à saisir la rampe d'escalier. Je me hissai sur la première marche… Une douleur aiguë me transperçait le genou. Enfin, j'atteignis la porte. Je jetai un bref coup d'œil en arrière. Les enfants ne me suivaient pas.
Je traversai la maison à toute allure. Malgré l'obs-

curité, je ne tardai pas à trouver la porte d'entrée et me précipitai au-dehors. Je dérapai sur l'herbe humide.
Je détalai à en perdre haleine dans la nuit noire. Tous les réverbères étaient éteints. La lune avait disparu. Aucune lumière en provenance des maisons. Aucune voiture.
J'essayai de me repérer, mais ce fut impossible. Je courus à l'aveuglette. La seule chose qui comptait, c'était de m'enfuir de cet endroit horrible.
Je dépassai bientôt les dernières maisons et me retrouvai sur un chemin bordé d'arbres. Était-ce celui que j'avais emprunté pour venir? Après le premier virage, je tombai sur une sorte de clairière.
La lune réapparut de derrière les nuages, éclairant un paysage surnaturel. Autour de moi se dressaient d'énormes rochers aux formes bizarres et des arbres pareils à des fantômes.
Mon cœur battait la chamade. Où pouvais-je bien être?
Je me figeai en voyant soudain bouger quelque chose dans l'herbe. Je plissai les yeux pour mieux voir.
Un écureuil? Un lièvre aux aguets?
Je m'approchai d'un pas. La chose se dressait lentement à la verticale.
Elle ressemblait à...
Non, non, c'était impossible!
Je poussai un cri d'horreur.

Une main !
C'était une main humaine. Je restai bouche bée. Je n'en croyais pas mes yeux. Soudain, une autre main surgit de la terre à côté de la première. Elle remua lentement ses doigts.
Paralysé de terreur, je vis sortir de terre une véritable armée de mains éclairées par une lune blafarde. Elles s'ouvraient et se refermaient comme pour essayer d'attraper quelque chose.
Des bras surgirent à leur tour. Ils étaient squelettiques, à moitié décharnés, verdâtres. Puis je vis émerger des épaules, et enfin des têtes. Des têtes humaines, aux cheveux collés par la boue, des lambeaux de chair pendant à leurs joues.
Elles me dévisageaient d'un air implorant. Leurs yeux semblaient sortir de leurs orbites. Leurs bouches étaient ouvertes, comme dans un cri.
— Emmène-moi, murmura péniblement l'une des têtes.

— Non, moi ! dit une autre.
Des gémissements plaintifs s'élevèrent de partout :
— Emmène-moi ! Emmène-moi !
Les corps se dressèrent, tous en même temps, et se dirigèrent sur moi comme des automates. Certains à moitié décomposés déjà, mais tous en train de me supplier de les emmener.
Comment une chose pareille pouvait-elle arriver ? Depuis quand les morts sortaient-ils de terre ? Étaient-ils vraiment morts, ou bien était-ce encore une mauvaise blague ?
« Qu'est-ce que c'est que cet endroit ? » me demandai-je pour la dixième fois.
Je fermai les yeux quelques secondes. Peut-être n'était-ce qu'une vision ? J'avais été tellement secoué... Quand je les rouvris, les morts vivants étaient toujours là. Sans réfléchir davantage, je fis volte-face et me mis à courir.
Je courus aussi vite que je pus, tête baissée. Mes jambes tremblaient tellement qu'elles avaient du mal à me porter. À chaque pas, je manquais de tomber. Le chemin était étroit. Je m'écorchais aux branches basses des arbres.
Soudain, les arbres disparurent, et le chemin aussi. Devant moi, le vide... Je m'arrêtai, le cœur battant. Le ravin ?
Oui ! Je l'avais enfin retrouvé ! Je poussai un soupir de soulagement et me penchai en avant, les deux mains sur les genoux, pour reprendre mon souffle. J'avais l'impression que ma tête allait exploser.

Le précipice n'était qu'à un mètre.
« J'ai sauté par-dessus dans un sens, me dis-je. Je réussirai dans l'autre. Et ensuite, je rentrerai chez moi. Et j'oublierai ce cauchemar. »
Je me sentis aussitôt mieux. J'évaluai une nouvelle fois la distance qui me séparait de l'autre côté.
– Pas de problème, j'y arriverai facilement. Cette fois, je peux prendre de l'élan, murmurai-je.
Soudain, la lune éclaira faiblement le ravin. Je me penchai pour en scruter le fond. Il était tapissé de rochers pointus, au milieu desquels…
Je poussai un cri. Entre les rochers, je distinguai un corps inanimé. Le corps d'un garçon, couché sur le dos, les bras et les jambes écartés. Cal ?
– Cal ! hurlai-je.
Je tremblais de la tête aux pieds. Cal m'avait sans doute suivi après avoir échappé aux chiens de M. Benson. Comme moi, il avait voulu sauter par-dessus le ravin. Mais il avait échoué. Mon meilleur ami gisait, peut-être mort, au fond du précipice.
– Cal ! appelai-je d'une voix angoissée. Cal, tu m'entends ?
Pas de réponse.
– Cal ! Dis-moi que tu es vivant !
Un rayon de lune se posa sur son visage. Je me penchai un peu plus. Je faillis tomber.
Cal ? Non, ce n'était pas lui… Je sentis mon sang se figer dans mes veines.
Ce n'était pas Cal qui gisait au milieu des rochers. C'était moi.

17

J'ouvris la bouche pour hurler, mais aucun son n'en sortit. Mon cœur cognait si fort que j'avais l'impression que ma poitrine allait exploser. Tout mon corps était agité de tremblements.
Soudain, je glissai. Je voulus me retenir, mais ne trouvai aucune prise.
Au moment où j'allais basculer, deux mains me tirèrent en arrière et me jetèrent sur le sol avec une force incroyable. J'en eus le souffle coupé. En levant les yeux, je vis Norb.
– Tu as un problème ? me demanda-t-il le plus calmement du monde.
Derrière lui arrivaient les autres. Max, dans son costume de squelette, une fille déguisée en chimpanzé. Tous portaient encore leurs masques. Ils avaient traversé la forêt pour me retrouver.
Malgré la douleur qui me nouait les muscles, je me forçai à m'asseoir.
– Qu'est-ce…, commençai-je.
Je fus incapable de continuer. Les garçons et les

filles éclatèrent de rire. Norb se dressait devant moi, jambes écartées.
– Qu'est-ce qui s'est passé ? parvins-je enfin à articuler.
Norb hocha la tête :
– Brandon, tu ne comprends pas ?
– Non, répondis-je. C'est qui, là en bas ?
– C'est toi, dit Norb.
J'avalai péniblement ma salive.
– Je sais. Mais…
– Tu n'y es pas arrivé, Brandon.
– Quoi ?
– Tu as voulu sauter par-dessus le ravin, mais tu n'y es pas arrivé, répéta Norb. Essaie de te souvenir.
– J… je…, bredouillai-je. J'ai sauté… et j'ai atterri brutalement… Ensuite, tout est devenu noir.
Je n'arrivais pas à croire que j'avais raté mon saut. J'étais pourtant là, bien vivant !
– Tu es mort, Brandon, murmura Norb sans la moindre émotion. Là, en bas, c'est ton corps, et il ne respire plus. Mais ton esprit, lui, est arrivé de l'autre côté du ravin.
– De l'autre côté, répéta une fille.
– L'autre côté… l'autre côté, reprirent les autres en chœur.
– Mon esprit ! hoquetai-je.
Norb fit oui de la tête :
– Tu nous as rejoints…
– Non, c'est impossible ! me ressaisis-je. Je ne te crois pas.

— Tu es des nôtres à présent, Brandon, poursuivit Norb, imperturbable. Tu resteras avec nous, de ce côté-ci...
— Éternellement, enchaîna Max.
— Éternellement, reprirent les autres.
— NON ! m'écriai-je en me relevant. Non, je ne veux pas ! Laissez-moi partir, je vous en supplie !
— C'est impossible, répondit Norb.
— Je jure de ne plus jamais faire peur à personne ! Je le jure !
Tout le monde éclata de rire. D'un rire glacial.
— Il est trop tard, dit Norb... Tu as peur, n'est-ce pas ?
— Oui, avouai-je. J'ai peur.
— C'est bien. Comme ça, tu comprendras ce que c'est. C'est ton tour, Brandon. Enfin !
— Donnez-moi une chance ! les suppliai-je. Je promets de ne plus jamais faire de mal à personne. S'il vous plaît !
J'étais à bout de forces. Mes genoux n'arrêtaient pas de trembler. Jetant un nouveau coup d'œil par-dessus mon épaule, je vis mon corps, une vingtaine de mètres en contrebas. Mon corps sans vie. C'était un spectacle horrible.
Je me tournai vers Norb :
— Qu'est-ce que je peux faire pour me racheter ? Je suis sûr qu'il existe un moyen.
Norb me dévisagea pendant quelques secondes qui me semblèrent durer une éternité.
— Oui..., finit-il par admettre. Il existe un moyen... Un seul.

18

J'agrippai fébrilement son bras :
— Lequel ? Dis-le-moi ! Je ferai n'importe quoi.
— Ça ne sera pas facile… surtout pour toi, commença Norb.
— Je m'en fiche ! Dis-moi ce que je dois faire !
— Tu dois aider des gens.
— Quoi ? fis-je, étonné. Comment ça ?
Un vent froid s'était levé. Je frissonnai. L'image de mon corps en train de s'écraser sur les rochers me retraversa l'esprit. Il fallait que je sorte de ce cauchemar.
— Tu dois aider des gens qui ont peur, précisa Norb. Et les sauver. Il m'en faut trois.
— C'est tout ? demandai-je, incrédule.
Il hocha la tête :
— Mais, je te le répète, ça ne sera pas facile.
— J'y arriverai, dis-je. Et ensuite ?
— Ensuite, tu pourras rester de ton côté, et reprendre le cours de ta vie.

– M... merci, merci, Norb ! balbutiai-je.
– Tu me remercieras quand tu auras accompli ta mission, répondit-il froidement. Si tu y arrives...
– J'y arriverai, répétai-je, tu peux me croire.
– C'est ce qu'on verra.
Sur ces mots, il me donna un violent coup d'épaule. Je perdis l'équilibre et basculai dans le vide.

19

La chute me sembla interminable. Je cognai brutalement un rocher, rebondis, puis m'immobilisai sur le sol. Je serrai les dents, anticipant la douleur. À ma grande surprise, elle ne vint pas. Mon regard s'arrêta sur le corps gisant à côté de moi. Mon corps. Je le saisis par les épaules et le relevai. J'en eus la nausée. Je le relâchai. Il retomba dans la poussière avec un bruit sourd.

« Je suis mort, me dis-je en luttant contre la panique. Vraiment mort ! »

Comment aider des gens, alors que j'étais un fantôme ? Comment faire pour ne pas les effrayer ?

Il fallait que je récupère mon corps. Au moins le temps d'accomplir ma mission.

— Norb ! criai-je en levant la tête. Tu es toujours là ?

Pour toute réponse, j'entendis des ricanements. En haut, ils avaient l'air de bien s'amuser...

— Norb, je sais que tu es là, m'impatientai-je. Réponds !

Finalement, le masque de Norb apparut au-dessus du ravin.
— Qu'est-ce que tu veux encore, Brandon ? Tu as besoin d'un nouveau coup d'épaule pour te mettre au travail ?
Derrière lui, les ricanements redoublèrent.
— Il me faut mon corps, lançai-je. Je ne peux rien faire sans lui.
Norb hésita quelques secondes.
— Bon, d'accord, finit-il par lâcher. Je te le rends. Pour une heure.
— Une heure, seulement ! m'exclamai-je, déçu. Mais…
— Une heure, oui ! répéta Norb. Tu disposes d'une heure pour sauver trois personnes.
— Et si je dépasse ce délai ? m'inquiétai-je.
Pas de réponse. La tête de Norb disparut. Les rires se turent, laissant place à un profond silence.
Ma question était idiote. Si je dépassais ce délai, je savais que je serais condamné à rester de l'autre côté du ravin pour l'éternité.
Soudain, je sentis une douce chaleur couler dans mes veines. Je regardai par terre. Mon corps n'y était plus. J'avais retrouvé la vie. Ma vie.
J'agitai les mains, hochai la tête, pliai les genoux. Je toussai. Je ris. Je fis des bonds en l'air. Tout semblait fonctionner parfaitement.
C'était merveilleux : j'étais à nouveau moi-même !
« Mais pour une heure seulement… », me rappelai-je soudain.

Il me fallait sortir du ravin. Je repérai un endroit où la pente n'était pas trop escarpée, et me mis à grimper. À mi-chemin, j'entendis des grognements sauvages.

Les grognements se transformèrent en aboiements furieux. Mon cœur fit un bond dans ma poitrine. Je m'immobilisai.
Je compris vite ce que c'était : les deux monstres de M. Benson m'avaient retrouvé, eux aussi !
Je songeai à redescendre. Mais c'était impossible. Mes jambes se mirent à trembler. Il fallait que je continue mon ascension.
Au-dessus de moi, les molosses m'attendaient, fous de rage. Soudain, la lune disparut derrière de gros nuages. Une obscurité totale s'installa. Je continuai à monter. Des cailloux cédaient parfois sous mes pieds et dévalaient au fond du ravin.
Je me hissai enfin au sommet du précipice, prêt à affronter les deux chiens. À ma grande surprise, ils n'étaient plus là. La maison de M. Benson était toute proche, à une dizaine de mètres à peine. Je réalisai qu'en fait les rotweillers étaient enfermés à l'intérieur !

Au milieu de leurs aboiements sauvages j'entendis un cri affreux. Un cri humain.

Cal !

Était-il toujours à l'intérieur ? Le temps s'était-il arrêté pendant que j'étais de l'autre côté ?

Je scrutai l'obscurité. Un nouveau cri de terreur déchira la nuit. Cette fois-ci, je reconnus la voix ; c'était bien Cal.

J'escaladai la fenêtre de la cuisine. Dans la pénombre, je distinguai la silhouette de mon copain. Il s'était réfugié dans un coin et brandissait une chaise pour essayer de tenir les deux molosses à distance. Je sentis qu'il ne tiendrait plus longtemps. Les chiens le harcelaient, les crocs découverts, guettant la moindre erreur de sa part. Son regard finit par croiser le mien :

– Brandon ! Où étais-tu passé ? Aide-moi, vite ! Ils vont me réduire en bouillie !

Sans réfléchir, je bondis sur le carrelage de la cuisine. Surpris, les deux chiens tournèrent la tête.

Pour faire diversion, je longeai le mur de la cuisine en direction de la porte. Les chiens hésitaient. Ils ne savaient plus lequel de nous deux attaquer. Pour l'instant, ils ne me quittaient pas des yeux. Leurs grognements devinrent de plus en plus menaçants.

– Gentil... tout doux, murmurai-je.

Tout se passa très vite. Abandonnant Cal, les deux monstres prirent leur élan... et bondirent sur moi !

21

Je voulus me baisser pour les éviter.
Trop tard !
Leurs grosses pattes heurtèrent de plein fouet ma poitrine et mes épaules. Je tombai lourdement. Je levai les bras pour me protéger le visage. L'un des chiens me mordit le coude. Je poussai un cri de douleur.
Du coin de l'œil, je vis Cal, tapi dans son coin, les yeux écarquillés par la peur.
– Cours ! lui criai-je. Sors d'ici, vite !
Le deuxième rotweiller s'en prit sauvagement au bas de mon jean.
– Sauve-toi ! ordonnai-je à Cal.
Il finit par comprendre et se glissa craintivement vers la porte du fond.
– Mais qu'est-ce que tu attends ? Sors !
– M… mais… toi ? bredouilla-t-il.
– Ne t'inquiète pas ! Je vais m'en tirer. Tu ne peux rien pour moi, alors va-t'en !

Il hésita encore une seconde.
– Je vais chercher de l'aide ! finit-il par dire avant de disparaître dans la nuit.
Les deux chiens de garde continuaient à s'acharner sur moi. J'avais réussi à attraper le collier de l'un d'entre eux et l'empêchais de me mordre.
« Si je n'arrive pas à me débarrasser d'eux, ils vont me mettre en pièces, me dis-je. Et je ne sauverai personne d'autre ! »
Je donnai un coup de pied à l'autre molosse. Il poussa un grognement de rage et planta ses crocs dans ma chaussure. Pendant ce temps, je retenais toujours le premier, visiblement décidé à me sauter à la gorge. « Comment les éloigner ? Comment ? » me demandai-je désespérément.
Soudain, mon regard fut attiré par un sachet de friandises posé sur la table de la cuisine. C'était celui que Cal et moi avions volé à la momie en début de soirée. Je savais qu'il n'était pas vide, et que les chiens raffolaient des sucreries.
Il fallait que je tente ma chance. Dans un effort surhumain, je réussis à repousser l'un des chiens et roulai sur le côté. Surpris, l'autre releva la tête. J'en profitai pour bondir sur mes pieds et me précipiter vers la table. L'un des molosses attrapa le bas de mon jean. Je me dégageai d'un geste brusque. Sa mâchoire claqua dans le vide. Encore quelques centimètres… !
Du bout des doigts, je fis tomber le sachet de friandises par terre. Les deux chiens s'immobilisèrent, les oreilles dressées.

Je les observais, retenant mon souffle. Mon coup allait-il marcher?

Ils s'approchèrent en reniflant...

Oui!... Non. Non!

Lentement, ils levèrent la tête, se remirent à grogner...

Et m'attaquèrent de nouveau!

22

Je poussai un cri de terreur. Instinctivement, je m'accroupis. Mes mains attrapèrent deux barres de chocolat. Sans réfléchir, je les jetai en l'air…
Poussés par l'instinct, les deux molosses les saisirent au vol. Et ils se mirent à mâcher!
Ouf!
C'était maintenant ou jamais. Je fonçai vers la porte par laquelle Cal s'était enfui. Du coin de l'œil, je vis que les deux chiens avaient définitivement opté pour les friandises.
Une fois dans le jardin, je me mis à courir à toutes jambes, contournai la maison, franchis la grille, et dévalai la route qui menait en ville.
– Cal? appelai-je. Cal, où es-tu?
Pas de réponse. Continuant ma course, je jetai un coup d'œil par-dessus mon épaule. Les chiens ne me suivaient pas. Ou pas encore.
Je redoublai de vitesse. Bientôt, j'atteignis les premières maisons de mon quartier.

J'avais sauvé une personne. Il fallait que j'en trouve deux autres. Vite.

Combien de temps me restait-il ?

Je m'arrêtai sous un lampadaire pour regarder ma montre.

– Oh non ! laissai-je échapper.

Elle s'était arrêtée. À minuit pile. Était-ce l'heure à laquelle j'avais perdu la vie ?

Un groupe d'enfants traversait la rue en riant. L'un d'entre eux se gavait de friandises.

« Tout le monde s'amuse... », pensai-je tristement. Et moi ? Allais-je un jour retrouver ma bonne humeur ? Mieux : redevenir normal... vivant ?

« Je n'y arriverai jamais, me dis-je, découragé. C'est la nuit de Halloween. Les enfants se font peur, mais c'est pour rire. Je ne trouverai personne d'autre à sauver. »

Deux enfants en costume de vampire dévalèrent la rue à bicyclette en poussant de grands cris. Je bondis sur le côté pour les éviter.

« Je vais rentrer chez moi, décidai-je. Revoir ma maison, ma famille, une dernière fois... »

J'avançais tristement, perdu dans mes pensées. Deux rues plus bas, je levai distraitement la tête. Sur ma droite se trouvait une impasse...

La maison hantée ! La maison où j'avais abandonné Vinnie !

Je courus jusqu'à la grille et scrutai la façade.

– Vinnie ! appelai-je.

Pas de réponse. La maison était plongée dans le

silence et l'obscurité les plus complets. À l'étage, une fenêtre manquait. Le vent s'engouffrait à l'intérieur, faisant frémir des rideaux noirs. Sur le toit, une antenne tordue se balançait avec un bruit métallique. Soudain, dans le cadre de la fenêtre, une ombre apparut...
– Vinnie ! lançai-je une nouvelle fois.
En vain. Je me rappelai le cri terrible que mon cousin avait poussé quand Cal et moi l'avions laissé là.
Vinnie était-il enfermé à l'intérieur ? Si oui, il fallait que je le retrouve. Il devait être à moitié mort de peur.
La maison était vide depuis des années. Les enfants du quartier affirmaient qu'il s'y passait des choses bizarres, la nuit. Certains d'entre eux avaient vu des lueurs étranges briller à l'intérieur, d'autres avaient entendu des cris... Des cris qui n'avaient rien d'humain. Autant de bonnes raisons pour y enfermer les plus peureux de mes voisins... à l'époque où faire peur aux autres m'amusait encore.
Je m'avançai jusqu'au porche. Les marches en bois grincèrent sous mon poids
– Vinnie ? chuchotai-je.
J'entendis un bruit à l'intérieur. Une sorte de gémissement rauque.
J'inspirai profondément et poussai la porte.
L'attaque fut brutale. Je n'eus même pas le temps de crier.

23

Quelque chose de mou vint cogner mon front. Un cri strident déchira le silence. Je reculai en agitant frénétiquement les mains devant moi. J'entendis des battements d'ailes au-dessus de ma tête.
Des chauves-souris ! Il y en avait des dizaines !
Allaient-elles réattaquer ? Non, elles se précipitèrent à l'extérieur et se réfugièrent dans les arbres.
J'attendis quelques secondes, la tête rentrée dans les épaules, retenant mon souffle. Puis je regardai autour de moi. Tout semblait calme.
— Vinnie ! appelai-je une nouvelle fois d'une voix étranglée. Vinnie, tu es là ?
— Brandon ?
Une voix faible prononça mon nom, quelque part dans les profondeurs de la maison.
— Brandon, c'est toi ?
— Vinnie, où es-tu ?
— Derrière la porte du fond, répondit mon cousin d'une voix angoissée. Mais surtout n'entre pas !

« Mais pourquoi ? » m'étonnai-je.
- Éloigne-toi, vite ! Il est... il est si gros, si monstrueux !
- Qui ça ?
- Va-t'en ! me conjura Vinnie. Pour moi, il est trop tard, mais toi, tu peux encore lui échapper.
J'attendis. Un long frisson courut le long de mon dos. Un souffle d'air glacé traversa le couloir.
- Vinnie ?
Je fis quelques pas, saisis la poignée de la porte, attendis un instant... et la baissai. Je pénétrai dans une sorte de débarras, remplis de vieux meubles poussiéreux. Je clignai des yeux pour mieux voir.
- Non ! gémit Vinnie.
Il était recroquevillé dans un grand fauteuil. En m'approchant, je vis qu'il n'était pas attaché. Que lui arrivait-il ?
- Viens, lui dis-je en tendant la main. Pourquoi restes-tu ici ? Sauvons-nous !
- C'est... c'est impossible, bredouilla-t-il, l'air paniqué.
Il essayait de se faire aussi petit que possible
- Mais bouge-toi, à la fin ! m'impatientai-je. Qu'est-ce que tu attends ?
- Il... ne me laissera jamais partir. Plus jamais !
- Mais qui ? La maison est vide ! Allez, viens !
- Il est là, je l'ai vu, dit Vinnie. Un fantôme. Ce qu'on raconte est vrai. Cette maison est hantée. Mais il est encore pire que dans nos cauchemars.

Ses yeux étaient exorbités, sa lèvre inférieure n'arrêtait pas de trembler. Jamais je ne l'avais vu dans cet état. Même moi, je n'avais jamais réussi à l'effrayer à ce point.

Je me figeai et tendis l'oreille. Et soudain, je l'entendis.

Il marchait dans le couloir. Ses pas lourds faisaient trembler les murs. Son souffle était rauque et puissant.

Il était là. Plus près. Toujours plus près.

– Sauve-toi, Brandon ! me supplia Vinnie. Sauve-toi !

– Pas sans toi ! répondis-je avec fermeté.

Les pas de la chose résonnaient dans mes oreilles comme des coups de tonnerre.

– Brandon, va-t'en ! Avant qu'il ne soit trop tard !

Un craquement sinistre retentit derrière moi.

Il était trop tard !

Vinnie était comme paralysé dans son fauteuil. Tout son corps était agité de tremblements, et ses mains agrippaient convulsivement les accoudoirs.
Un coup violent retentit contre la porte. Je bondis derrière un canapé.
— Vinnie, cache-toi ! murmurai-je.
Il ne bougea pas. Mon pied heurta un objet dur et froid. Je tressaillis. C'était une torche électrique. Machinalement, je la mis dans ma poche. Puis je jetai un regard prudent en direction du couloir.
Le fantôme était là. De la taille d'un homme immense, vêtu d'une sorte de robe ample. Ses cheveux, son visage, ses yeux, sa peau, son vêtement, tout était gris. Il était pieds nus.
Il s'avança. Chacun de ses pas faisait vibrer la pièce. Lorsqu'il fut plus près, je vis avec horreur que sa tête était fendue en deux, du crâne au menton, comme s'il avait reçu un puissant coup de hache. De chaque côté de son affreuse plaie roulaient des yeux déments.

Il respirait difficilement, et sa bouche déchirée laissait échapper des sons indéfinissables. Il s'approcha de Vinnie et se pencha vers lui. À ma grande horreur, je vis que sa peau était transparente. À l'intérieur, cela grouillait... J'eus un mouvement de dégoût : le fantôme abritait des centaines de vers !
« Ressaisis-toi ! me dis-je. Il faut que tu sauves Vinnie ! »
Oui, mais comment ?
Quelques centimètres à peine séparaient le visage monstrueux du fantôme de celui de Vinnie. Mon cousin était sur le point de s'évanouir. Ses traits étaient défigurés par l'effroi.
Soudain, j'eus une idée. Une idée désespérée, peut-être idiote...
« Je vais surgir sans tête de derrière le canapé, me dis-je. Avec un peu de chance, le fantôme sera surpris, et Vinnie aura le temps de s'enfuir. »
J'enfouis ma tête sous mon blouson, et remontai la fermeture Éclair. Si mon coup ne marchait pas, Vinnie et noi étions perdus...
J'inspirai profondément. Puis je bondis sur mes deux pieds en agitant les bras et en poussant un cri strident.

25

Mon cri résonna dans toute la pièce. Je jetai un coup d'œil à travers le col de mon blouson.
Le fantôme s'était tourné vers moi, la bouche grande ouverte. Ses deux yeux gris et globuleux exprimèrent d'abord la surprise, puis la colère. À son tour, il poussa un cri. Un cri terrifiant.
Soudain, il posa ses deux mains de chaque côté de sa tête, et il l'arracha de ses épaules !
Sa bouche hurla. L'un de ses yeux jaillit de son orbite. Je reculai, horrifié. Vinnie se cacha le visage dans les mains.
La tête du fantôme poussa un nouveau cri.
Puis, à ma stupéfaction, il fit demi-tour et se dirigea vers la porte, sa tête entre ses mains. Ses pas lourds s'éloignèrent dans le corridor. Ses cris s'affaiblirent au fur et à mesure qu'il regagnait les profondeurs de la maison.
– Vinnie, haletai-je. Vinnie, j'ai réussi. Je lui ai fait peur ! Il est parti.

Mon cousin baissa les mains.
– Non, murmura-t-il. Tu ne comprends pas…
– Quoi ? répondis-je. Mais si, je comprends ! Viens, sauvons-nous !
Vinnie hocha tristement la tête :
– Non, Brandon. Tu te trompes, crois-moi. Ça, ce n'était pas le fantôme. C'était son garde du corps !

26

Abasourdi, je dévisageai Vinnie en essayant de comprendre ce qu'il venait de me dire.
— Son... garde du corps ? balbutiai-je.
Mon cousin, pâle comme un mort, hocha la tête.
— Mais alors, il est où, ce fantôme ?
Avant que Vinnie puisse répondre, je sentis quelque chose bouger sous mes pieds.
C'était le plancher. Il commençait à onduler. Un bruit sourd me fit tourner les yeux. Les murs bougeaient, eux aussi. La pièce rapetissait !
— Qu'est-ce qui se passe ? criai-je, paniqué.
— Tu comprends, maintenant ? gémit mon cousin. Le fantôme, c'est la maison ! La maison tout entière ! Et celui-là est encore plus cruel que l'autre ! Jamais il ne nous laissera repartir !
— Il faut essayer ! dis-je en m'approchant de Vinnie.
Au même moment, le sol se souleva sous mes jambes et je fus projeté en arrière.
— Il faut qu'on se tienne par la main ! lançai-je à

Vinnie. C'est notre seule chance.
— C'est inutile ! se lamenta-t-il. Il est tellement plus fort que nous !
J'avais les pires difficultés à me tenir debout. J'étais ballotté d'un coin à l'autre de la pièce. J'avais l'impression d'être au milieu d'un tremblement de terre. Mais je tins bon.
— On ne va pas se laisser faire ! m'écriai-je pour encourager Vinnie.
Je me jetai à plat ventre et rampai dans sa direction. Soudain, sur ma droite, un pan de mur se détacha.
— Attention ! hurla Vinnie.
Je roulai sur le côté. Une énorme poutre s'écrasa sur le sol à quelques centimètres de moi. Toute la pièce menaçait de s'effondrer. On était à deux doigts de la catastrophe.
— Vinnie ! ordonnai-je à mon cousin. Lève-toi !
— Je ne peux pas ! gémit-il.
D'une main, j'agrippai le bras d'un fauteuil. Au prix de mille efforts, je réussis à m'y hisser. De là, j'espérais pouvoir bondir sur celui de Vinnie.
Le sol continuait à faire d'énormes vagues. Autour de nous, les murs rétrécissaient. On aurait dit que la maison voulait nous digérer ! Mais, en même temps, cela me rapprochait de Vinnie. Je tendis un bras.
— Essaie de l'attraper !
Il ne manquait qu'un demi-mètre.
— Donne-moi ta main, Vinnie ! hurlai-je.
Mais, au lieu de m'écouter, il leva les yeux au plafond et poussa un cri d'angoisse.

D'énormes crevasses s'y formaient. Des blocs de plâtre commençaient à se détacher. Le plancher aussi craquait de partout. Mon fauteuil bascula, et je roulai par terre. Tout était à recommencer.
En tombant sur le côté, je sentis quelque chose dans ma poche : la torche électrique !
Une idée me traversa soudain l'esprit. Les fantômes, ça vit dans le noir ! Ça n'aime pas la lumière !
Et si j'allumais la torche ?
Une nouvelle secousse m'envoya rouler dans un coin de la pièce. Il fallait faire vite. Le fauteuil de Vinnie s'était mis à tournoyer sur lui-même, comme pris dans l'œil du cyclone.
– Au secours ! cria mon cousin d'une voix épuisée. Brandon, aide-moi !
Je voulus me relever. La lampe faillit m'échapper des mains. Je la rattrapai de justesse.
Mes doigts cherchèrent fébrilement l'interrupteur. J'appuyai…
Rien ne se passa. Les piles étaient vides !
– Oh nooooon ! m'écriai-je, désespéré.
D'un geste rageur, je jetai la torche par terre.
Et, soudain, elle s'alluma ! D'abord faiblement, en clignotant. Je la ramassai et la secouai avec frénésie. Quelques secondes plus tard, le faisceau de lumière éclairait un mur.
Le résultat ne se fit pas attendre.

27

Le mur recula, comme effrayé.
Je dirigeai le faisceau par terre... et poussai un cri de joie en voyant que le sol s'arrêtait de bouger.
J'éclairai le fauteuil dont Vinnie était prisonnier. Il rapetissa sur-le-champ.
Mon cousin bondit sur ses pieds.
– Il m'a relâché ! s'écria-t-il, abasourdi.
Le fauteuil devint de plus en plus petit... et disparut entre les lattes du plancher.
– Filons ! lançai-je à Vinnie.
Je saisis son bras et le poussai vers la porte.
À chaque fois que les murs menaçaient de nous bloquer le passage, je leur envoyais un grand jet de lumière. Ils se rétractaient aussitôt. Nous traversâmes le long corridor. Quelques secondes plus tard, nous franchissions le porche.
Nous étions libres !
L'air du dehors nous redonna de l'énergie. Nous courûmes à en perdre haleine. Dans les rues, il y

avait toujours autant d'enfants en train de s'amuser. Quant à moi, je venais de sauver une deuxième personne.

Je savais qu'il ne me restait plus que quelques minutes.

J'accompagnai Vinnie jusqu'à chez lui. Il me remercia une bonne dizaine de fois, m'invita à entrer. Je refusai et m'enfuis sans aucune explication.

Il fallait que je trouve une troisième personne en péril. Mais où ?

28

— Laissez-moi !

Je connaissais cette voix ! En tournant la tête, je vis un groupe d'enfants, de l'autre côté de la rue. Au milieu se trouvait ma sœur, Maya.

— Laissez-moi, répéta-t-elle d'une voix plaintive.

Cinq garçons à l'air mauvais l'entouraient. Maya essayait tant bien que mal de sauver son sac de friandises. L'un de ses agresseurs lui tordit le bras. Elle poussa un cri de douleur. Mon sang ne fit qu'un tour. J'enfouis une nouvelle fois ma tête sous mon blouson. Jusque-là, mon truc avait fonctionné à merveille. Il n'y avait pas de raison qu'il rate cette fois-ci. Si je parvenais à faire décamper ces cinq lascars, j'aurais sauvé une troisième personne. Je traversai la rue en hurlant : « Ma tête ! Rendez-moi ma tête ! »

Des rires fusèrent sur le trottoir d'en face.

— Brandon, ce n'est pas le moment de faire l'idiot ! s'écria ma sœur. Aide-moi !

Ses agresseurs étaient morts de rire. L'un d'entre

eux me saisit par les épaules et ouvrit ma fermeture Éclair d'un geste brusque. Je me retrouvai face à un gaillard d'environ quinze ans, bâti comme un joueur de rugby.

– Qu'est-ce qu'on fait de lui, Chris ? lui demanda un de ses copains, armé d'une batte de base-ball.

– Finalement, il est mieux sans tête, répondit le dénommé Chris.

– Tu crois qu'on peut la lui arracher d'un coup de batte ?

– On peut toujours essayer, répondit Chris.

– Lâ… lâchez-moi, balbutiai-je, et laissez partir ma sœur !

– Ferme-la, minus ! ordonna le chef.

– Et si on le suspendait à une branche de cet arbre ? suggéra l'un de ses acolytes.

– Bonne idée ! répondit Chris.

– Non ! les suppliai-je. Je n'ai presque plus de temps. Il faut…

Sans me laisser finir, ils me soulevèrent du sol et me plaquèrent contre le tronc d'un platane. J'allais rater ma mission. Je ne sauverais plus personne. J'étais condamné à vivre de l'autre côté… pour toujours !

Chris m'attrapa les pieds.

– Allez, grimpe ! m'ordonna-t-il.

Je me débattis de toutes mes forces.

– Non ! NON !

– Tu vas obéir, bon sang ! s'énerva l'un des voyous.

« C'est la fin, réalisai-je. Je vais mourir… »

C'est alors que se produisit une chose épouvantable.

– Tu vas monter, oui ou non ? menaça Chris en levant la main.
Je sentis son poing s'abattre brutalement sur mon épaule. Puis... puis...
Je sentis mon épaule se déboîter ! Entièrement. Elle se sépara du reste de mon corps et tomba par terre ! Ma tête ne tarda pas à la suivre, puis mon autre épaule, ma poitrine, mon bassin.
Petit à petit, je vis mon corps se décomposer. Il gisait, en morceaux, dans l'herbe.
Je compris soudain ce qui venait de se passer. Mon temps était écoulé. J'avais échoué dans ma mission. Une seconde fois, mon esprit se glissa hors de mon corps. Pendant quelques secondes, je contemplai, pétrifié, les restes de moi-même.
Un cri me fit lever la tête.
Les yeux exorbités des cinq voyous regardaient tour à tour mon corps en lambeaux et mon fantôme. Puis tout le monde se mit à hurler de terreur. Les gar-

çons et ma sœur. Ils reculèrent en titubant, firent demi-tour, et chacun prit ses jambes à son cou. Cent mètres plus loin, ils hurlaient encore. Je vis Maya tourner dans notre rue.
« Je l'ai sauvée ! réalisai-je soudain. J'ai sauvé trois personnes... J'ai réussi ! »
J'avais peut-être dépassé le temps imparti de quelques secondes, mais j'étais sûr que Norb allait comprendre. Je cachai mon corps sous un buisson.
– Je reviens dans deux minutes ! lui dis-je.
Puis je fonçai en direction du ravin.
– J'ai réussi, j'ai sauvé trois personnes ! criai-je à pleins poumons en passant devant la maison de M. Benson.
Je m'arrêtai devant le précipice et regardai de l'autre côté.
– Hé, Norb ! lançai-je. Norb, où es-tu ? Je suis revenu... et j'ai réussi !
Norb surgit de l'obscurité. Il portait toujours son masque. Il me fit un signe.
– Viens nous retrouver, Brandon ! Saute. N'aie pas peur, cette fois-ci, tu y arriveras.
– D'accord ! répondis-je en prenant mon élan.
Il avait dit la vérité. J'atterris facilement de l'autre côté.
– Bienvenue chez toi ! m'annonça Norb.
Je fronçai les sourcils.
– J'ai réussi, Norb ! insistai-je. J'ai sauvé trois personnes. Cal, Vinnie et ma sœur ! Tu dois me faire réintégrer mon corps !

— C'était pour rire ! déclara-t-il soudain.
— Quoi ? Qu'est-ce que tu dis ?
— C'était pour rire ! répéta-t-il.
Je le dévisageai, interloqué. Les autres enfants surgirent derrière lui en ricanant.
— Mais tu as juré…, commençai-je.
— C'était pour rire ! s'écria Norb d'un air dément. Cette phrase ne te rappelle rien ?
J'avalai péniblement ma salive. Je tremblais si fort que je pouvais à peine parler.
— Tu veux dire que…
— Tu ne comprends donc rien, Brandon ?
D'un geste brusque, il arracha son masque. Je poussai un cri de surprise.
Non ! Pas ça ! C'était impossible ! En face de moi, je voyais mon visage !
Norb rejeta la tête en arrière et éclata de rire.
— Joyeux Halloween, Brandon ! s'exclama-t-il.
Puis il mit ses deux mains de chaque côté de sa tête… et la souleva !
Un masque ! Sa tête n'était elle aussi qu'un masque ! Sauf que, dessous, il n'y avait rien ! C'était le vide !
Je devins pâle comme un linge.
— Cette année, j'ai décidé de me déguiser en toi, m'expliqua Norb. Tu n'as pas deviné ? Tu ne t'es douté de rien quand je t'ai dit mon nom : Norband ? C'est un anagramme de Brandon !
J'ouvris grand la bouche, mais aucun son n'en sortit. L'un après l'autre, tous les enfants retirèrent leur masque. Ce que je vis me donna la nausée.

Ils avaient des têtes de morts vivants. Leurs visages étaient putréfiés. Il y manquait soit le nez, soit un œil, soit les lèvres... Des lambeaux de peau pendaient de leurs joues.

— Vous... vous êtes tous morts ? murmurai-je, interdit.

— Oui, comme toi ! répondit Norb d'une voix calme. Tu es avec nous, maintenant, Brandon. Pour toujours.

Je le contemplai longuement. Il m'avait fait une blague. Une belle blague de Halloween. Il s'était comporté avec moi comme je m'étais comporté avec tout le monde, pendant des années ; comme moi, il avait fait une promesse, et il ne l'avait pas tenue. Il m'avait eu.

Je poussai un long soupir. Soudain, ce fut comme une révélation.

— Bon, d'accord. C'est encore Halloween, n'est-ce pas ? lançai-je à Norb.

— Oui, pourquoi ? demanda-t-il, un peu étonné.

— Et on est tous morts ? poursuivis-je.

— Mais oui !

— Eh bien, qu'est-ce qu'on attend pour aller en ville ? proposai-je joyeusement. Et faire *vraiment* peur aux gens !

FIN

EXTRAIT

Et pour avoir
encore la

Chair de poule®

lis
ces quelques pages de
L'ATTAQUE DES SPECTRES

EXTRAIT

La ville où je suis né, par Stanislas Kasimir.
« Je m'appelle Stanislas Kasimir. J'ai douze ans et je vis à Hautetombe. Si vous avez habité dans cette ville, vous savez pourquoi elle porte ce nom. C'est très simple : elle est blottie au bas d'une colline sur laquelle se trouve un vieux cimetière. On aperçoit ce cimetière de la rue principale, de la fenêtre de ma salle de classe, de mon lit. De partout ! Même lorsqu'il fait beau, il couvre les maisons et la cime des arbres d'une ombre immense. C'est pourquoi on ne voit pas le soleil à Hautetombe.
Par temps clair, dans la journée, les pierres tombales brillent, pareilles à des dents usées plantées dans l'herbe profonde. La nuit, quand la lune illumine le haut de la colline, le cimetière devient vraiment effrayant. Il est enveloppé dans une sorte de

brume qui lui donne un aspect irréel. Les tombes semblent flotter dans les airs.
Oui, c'est ainsi. Et cette brume miroite au-dessus de la ville, jusqu'en bas de la pente. Elle enveloppe ma maison !
Je pense que c'est pour ça que je fais d'horribles cauchemars. »

J'éclaircis ma voix. Lire une rédaction devant toute la classe me rend toujours très nerveux. J'avais donc la gorge aussi sèche qu'un morceau de papier de verre. Mes mains moites avaient laissé des traces d'encre sur les feuilles de papier.
– C'est très bien écrit, dit Mlle Webster en approuvant de la tête, les mains croisées. C'est une très bonne description, Stanislas. Vous êtes d'accord, les enfants ?
Des élèves murmurèrent un oui timide. Mon amie Audrey Rusinas leva un pouce en signe de victoire. Mais derrière elle Frank Foreman bâilla bruyamment. Son copain Buddy Tanner s'esclaffa aussitôt, suivi par les autres.
Le professeur d'anglais dévisagea Frank avec autorité.
– Continue, Stanislas, me dit-elle.
Je jetai un coup d'œil rapide sur la pendule accrochée au-dessus du tableau noir.

EXTRAIT

— Vous croyez qu'on aura le temps ? demandai-je.
En fait, ce n'était pas l'heure qui m'inquiétait. La seconde partie de mon récit était plus personnelle. Frank et Buddy allaient se moquer de moi !
Lorsque j'avais lu ma dernière rédaction, ils avaient été odieux. Ce devoir racontait ce qui me faisait le plus peur au monde : les araignées. Pendant le mois qui avait suivi, j'en avais trouvé une chaque matin sur mon pupitre !
— Continue jusqu'à la sonnerie, insista Mlle Webster.
N'ayant pas le choix, je repris ma lecture...

« Certaines nuits, je rêve de spectres qui hantent le cimetière. Ils sortent de leurs tombes et, en flottant dans les airs, descendent de la colline. Ils se tiennent là, aux aguets, dans le brouillard, et attendent leurs innocentes victimes.
D'ailleurs, toute ma famille fait ce genre de cauchemars. Charlotte, ma petite sœur, Remy mon petit frère. Ils sont jumeaux et ont six ans.
Une nuit, Jason, mon autre frère de huit ans, se réveilla en hurlant :
— Les voilà, les voilà ! Ils viennent me chercher, ils arrivent !
Il fallut un long moment pour le convaincre que ce n'était qu'un rêve.
Pourtant, ces spectres existent. Quand ils décou-

vrent leur proie, ils l'encerclent en bourdonnant comme des abeilles. Ils tournent autour d'elle et forment un ruban de brouillard. Puis ils l'emmènent dans les vieux tombeaux perchés sur la colline. À Hautetombe, tout le monde le sait... »

— C'est très, très bien, Stanislas, dit Mlle Webster en applaudissant avec enthousiasme.
Audrey m'adressa son plus beau sourire. Derrière elle, Frank et Buddy étouffaient des ricanements idiots en se tapant dans les mains. Que préparaient-ils ?
— Tu voudrais devenir écrivain plus tard, Stanislas ? me demanda le professeur.
— Je... je n'en sais rien, vrai... vraiment, bégayai-je, rouge de plaisir. Peut-être...
— Peut-être !
Frank venait d'imiter ma petite voix aiguë. Buddy éclata de rire.
— Ça suffit ! s'exclama Mlle Webster. C'est à toi de lire ta rédaction.
Pris de court, il resta bouche bée.
— C'est... c'est que je... je n'ai pas tout à fait fini, bredouilla-t-il, gêné.
— Et quel est le sujet de ton devoir ? poursuivit Mlle Webster.
— Je... je... je ne suis pas encore sûr, hésita-t-il.
— Nous verrons ça plus tard, dit sévèrement

EXTRAIT

Mlle Webster en se retournant vers moi. Continue, Stanislas. Tu lui donneras peut-être un peu d'inspiration !
Contrairement à moi, Frank et Buddy prennent les choses à la légère. Ils passent leurs journées à faire des blagues ou à bavarder au lieu de travailler. Ils adorent mettre la pagaille partout où ils passent.
Ce sont les garçons les plus décontractés du collège ! Frank est impressionnant avec ses gros muscles et ses épaules larges, alors que moi, je suis plutôt chétif. Avec mes lunettes rondes, j'ai l'air obsédé par les études.
J'aurais aimé être aussi insouciant qu'eux. Faire le pitre, amuser la galerie, au lieu d'être là, planté comme un piquet, à écouter les compliments du professeur !
Mais j'étais tout sauf détendu !
Rougissant de nouveau, je poursuivis ma lecture.

« Tout le monde à Hautetombe connaît l'existence de ces fantômes. Nous avions à peine emménagé que des enfants nous en parlèrent. D'après eux, les morts ne peuvent pas trouver le repos éternel parce que le cimetière est situé trop haut sur cette petite montagne. Alors ils sont devenus furieux, aigris. Ils sortent de leurs tombes, et promènent leurs corps en décomposition… Ils arpentent le cimetière et surveillent

les maisons qui se trouvent dans la vallée. La nuit, leurs gémissements et leurs hurlements s'entendent de partout.
Parfois, on peut même les apercevoir à travers l'épais brouillard qui couvre le sommet de la colline. Si jamais vous montez là-haut la nuit... »

La cloche sonna. Les livres claquèrent bruyamment et les élèves quittèrent leurs places.
— Merci, Stanislas. Désolée que tu n'aies pu aller jusqu'au bout ! Mais c'était très bien..., dit Mlle Webster en se levant. Allez, les enfants, c'est fini pour aujourd'hui.
Un brouhaha s'éleva dans la classe. Les chaises raclèrent le plancher.
— Attendez ! cria-t-elle pour se faire entendre. Stanislas m'a donné une bonne idée.
Le bruit laissa place au calme.
— Demain, apportez des sandwiches et mettez des bottes. Nous visiterons ce cimetière.
— Mais pourquoi ? s'exclamèrent quelques-uns.
Les yeux du professeur étincelèrent :
— Nous allons ordonner aux fantômes de sortir !

EXTRAIT

— Métamorphose ? Qu'est-ce que ça veut dire ? demanda Jason.
Assis à l'autre bout de la table de la cuisine, mon père le regarda sans comprendre.
— Pardon ? dit-il.
— Oui, c'est quoi, une « métamorphose » ? répéta mon petit frère.
Installés près de lui, Remy et Charlotte s'amusaient à se chatouiller. Ma mère, elle, terminait une conversation téléphonique.
— Métamorphose ? Où as-tu entendu ce mot ? enchaîna papa, qui piqua dans le plat une cuisse de poulet avec sa fourchette.
— Je ne sais pas, dit Jason en grattant ses cheveux bouclés.
— Eh bien, c'est lorsqu'une chose se change en autre

chose. C'est une transformation.
– Comme changer de vêtement ?
– Remy et Charlotte, arrêtez ! ordonna maman en s'asseyant.
– Mais non, poursuivit mon père. Par exemple, si une chenille devient un papillon, c'est une métamorphose.
– Ah bon !
– Mais pourquoi poses-tu cette drôle de question ?
– Je ne sais pas, dit Jason en haussant les épaules.
– Il a dû entendre ça dans un dessin animé, suggérai-je avec malice.
Mon petit frère ne trouva pas ma plaisanterie très drôle, et je reçus un grand coup de pied sous la table. Remy et Charlotte ricanèrent et reprirent leur bagarre de plus belle.
– Arrêtez tout de suite ! cria maman, excédée.
– Ce serait génial si Duke pouvait se métamorphoser, affirma Jason en se baissant pour caresser notre chat noir. Pourquoi ne se transformerait-il pas en papillon ? Ça ferait une belle métamorphose, hein, papa ?
Mon père n'eut pas le temps de répondre. Remy et Charlotte se chatouillaient maintenant par terre. Sur le carrelage !
Chez nous, les repas ne sont pas toujours reposants !

Après le dîner, papa et maman partirent pour le collège afin d'assister à une réunion de parents d'élèves. J'avais la responsabilité des trois petits jusqu'à 21 heures, et je leur passai une cassette vidéo. C'était un très long dessin animé, de quoi avoir la paix un bon moment.

J'en profitai pour monter dans ma chambre. J'avais prévu de téléphoner à Audrey. Mon amie m'avait proposé d'assister, le lendemain matin, à sa leçon de danse, et même de danser. Mais je déteste cela ! J'avais donc décidé de l'appeler pour lui dire que je n'irais pas. Je composai son numéro. La ligne était occupée. Assis sur le bord de mon lit, je soupirai et regardai par la fenêtre. Nous étions en novembre. La nuit était sombre. Il faisait froid. Je contemplai la colline de Hautetombe qui scintillait dans le clair de lune argenté. Des arbres rabougris, nus comme des squelettes, poussaient en ordre dispersé le long de la pente. J'appuyai le visage contre la vitre pour examiner le sommet de la colline.

Tout à coup, j'eus le souffle coupé. Là-haut des lumières clignotaient ! De minuscules points lumineux brillaient si fort qu'ils éclairaient les vieilles pierres tombales.

Je restai là, bouche bée, fixant ces petites taches étincelantes qui se déplaçaient au-dessus des sépultures, comme des feux follets, aussi blanches que des fantômes !

EXTRAIT

Elles disparurent soudain dans le brouillard qui recouvrit l'herbe sombre et les arbres décharnés. Toute la colline fut engloutie.
C'est alors qu'un gémissement retentit. Terrifiant ! Une longue plainte qui flotta dans la brume.
Était-ce un animal ou un être humain ? Le cri était à la fois lugubre et effrayant. Et tout proche. À vous glacer le sang !

EXTRAIT

Le lendemain matin, il faisait un froid humide et pénétrant. Nous suivions Mlle Webster sur le chemin menant au cimetière. Le ciel était entièrement couvert de nuages lourds et gris. Un vent glacial soufflait du haut de la colline, faisant trembler les arbres. Les branches dénudées remuaient comme si elles voulaient nous avertir de quelque chose.
– Les enfants, nous allons à la rencontre du passé, annonça Mlle Webster. Nous écouterons ce que racontent ces vieilles pierres.
Je portais mon sac à dos, ou plutôt celui de Jason, car je n'avais pas pu retrouver le mien. Ce sac était rouge vif et beaucoup trop étroit. Mon petit frère l'adorait, et je savais qu'il serait furieux en apprenant que je l'avais emprunté. J'avais donc prévu de le remettre à sa place avant qu'il ne s'en aperçoive.

Soudain, quelqu'un courut derrière moi, et je n'eus pas le temps de l'éviter.
– Il est génial, ton sac, dit Frank en l'agrippant à deux mains.
Il me tira en arrière tellement fort que je faillis m'écrouler sur un groupe de filles. Évidemment, lui et Buddy s'esclaffèrent, imités aussitôt par les autres.
– C'est un sac de bébé, déclara Buddy.
Sa plaisanterie provoqua de nouveaux éclats de rire. Furieux, j'enfonçai ma casquette sur la tête et montai la pente à grandes enjambées.
– Pourquoi es-tu si pressé? me demanda Audrey, qui me rejoignit en courant. Prends ton temps, les fantômes ne risquent pas de s'en aller!
Je ralentis et me tournai vers mon amie.
Je l'aime beaucoup, Audrey. Elle est maligne et drôle. Et, avec ses longs cheveux bruns et son teint mat, c'est la plus jolie fille du collège. Mais le plus fantastique, ce sont ses yeux. De grands yeux verts aux éclats d'or. Lorsque je suis avec elle, j'essaie d'être le plus détendu possible. Et, pour être honnête, si je ne danse jamais, c'est pour qu'elle ne découvre pas à quel point je suis maladroit!
– Je me dépêche parce que j'ai hâte de voir ce qui est écrit sur ces tombes, mentis-je.
– Il fait froid, dit Audrey lorsque nous atteignîmes

le portail cassé du cimetière.
Elle remonta la fermeture Éclair de sa veste pourpre.
– Pas tant que ça, crânai-je en baissant la mienne pour l'impressionner.
J'avais à peine franchi la grille qu'une araignée surgit devant mes yeux. Accrochée par un fil à l'un des montants en bois, elle se balançait dans le vide. Je ne pus m'empêcher de pousser un cri de terreur. Je fixai l'insecte tout en avançant sur le côté. Ne voyant pas où je mettais les pieds, je trébuchai sur un piquet et m'affalai sur une tombe délabrée.
– Ça va ? s'inquiéta Audrey en m'aidant à me relever.
– Je t'ai dit que j'avais hâte de lire ce qui est écrit sur les pierres, blaguai-je.
Dès que la classe nous eut rejoints, Mlle Webster nous distribua des blocs de papier et des morceaux de charbon de bois. Ensuite, elle nous proposa de prendre des empreintes d'inscriptions.
– Nous étudierons tout cela au collège, dit-elle. Et nous verrons ce que ces ruines ont à nous révéler.
– Oooouuuh ! Je suis le fantôme du cimetière ! hurla soudain Frank.
Il allait et venait en chancelant pour effrayer les filles. Bien entendu, elles se mirent à ricaner.
– Commençons par cette rangée, proposai-je à Audrey.
Nous étendîmes des pages sur une stèle et com-

mençâmes à les frotter à l'aide du charbon de bois. Le vent souffla plus fort. Des feuilles mortes tourbillonnèrent autour de nous et s'entassèrent à nos pieds.
– « WILLIAM SWIFT, lut Audrey, PENDU […] 1852. »
– Tu… tu crois que c'était un assassin ? bredouillai-je en reculant.
– Ça ne devait pas être quelqu'un de très bien, dit Audrey, pensive.
Elle s'éloigna pour regarder les autres tombes de la rangée.
Je ramassai mes affaires et poursuivis seul. Le ciel s'assombrit. Il faisait de plus en plus froid. Je remis le petit sac à dos sur mes épaules et fermai mon blouson.
Je m'arrêtai devant une grande sépulture portant deux inscriptions : « OSWALD MANSE, 1770-1785. MARTIN MANSE, 1772-1785. »
« Ils devaient être frères, pensai-je en frissonnant. Ils sont morts très jeunes, le premier à quinze ans, l'autre à treize. » Ceux-là avaient dû être de gentils garçons, et non des meurtriers qui avaient fini pendus ! Je remarquai aussi une phrase en tout petits caractères. Mais elle était presque illisible.
Au-dessus, il y avait un oiseau gravé dans le granite, qui ressemblait à un corbeau. J'étais certain que cette

tombe plairait à Audrey. Mon amie voudrait sûrement prendre une empreinte du texte et du dessin. Mais où était-elle passée ? J'inspectai les alentours. Les élèves étaient éparpillés dans le cimetière et travaillaient.
Je finis par apercevoir Audrey, qui avait suivi Frank. Ils hésitaient entre plusieurs tombes. J'allai vers elle.
– Viens voir celle-là, dis-je en la tirant par le poignet.
Soudain, ma chaussure heurta un gros caillou, et je perdis l'équilibre. J'essayai de me rattraper au bras de mon amie. Je m'affalai… sur la sépulture des frères Manse !
La stèle vacilla en produisant un son étrange. Elle pivota et se coucha dans un bruit sourd.
Une sorte de petit cri suivit. Un frisson me parcourut le dos.
– C'est… c'est toi qui as crié, Audrey ? bégayai-je, paralysé.
Elle me regarda sans comprendre.
– Quoi, ce n'était pas toi ? m'exclamai-je. Tu n'as rien entendu ?
– Non !
Je poussai un soupir de soulagement. J'avais dû rêver. Je me levai et remis ma casquette. Puis je frottai mes vêtements couverts de poussière.
En me retournant, je vis la phrase à moitié effacée

qui se trouvait sous l'oiseau.
– Regarde, Stanislas, me dit Audrey.
Je plissai les yeux pour déchiffrer les petits caractères : « TU DÉRANGERAS NOS RESTES À TES RISQUES ET PÉRILS ! »
Mon corps entier se mit à trembler.
Déranger leurs restes ? Avais-je troublé le repos des frères Manse ?
– On s'en va, les enfants, c'est l'heure ! cria alors Mlle Webster depuis le portail du cimetière.
Mais je ne pouvais quitter des yeux le corbeau qui semblait me regarder. Je retirai mon sac à dos et le posai contre un arbre. Je me baissai pour essayer de redresser la pierre renversée.
– Ouf ! Ça pèse une tonne ! fis-je en soufflant, incapable de la bouger d'un centimètre. Hé, venez m'aider, vous autres !
Les élèves descendaient déjà la colline. Audrey aussi était partie.
J'abandonnai et avançai vers la grille.
C'est alors qu'une main sortit du sol et saisit ma cheville !

EXTRAIT

J'ouvris la bouche pour crier, mais il n'en sortit qu'une plainte timide. La main resserra son étreinte sur ma cheville. Elle était glacée. Je poussai un gémissement d'horreur et donnai un violent coup de pied. Je parvins enfin à me libérer.
J'avançai en titubant et perdis ma casquette. Mais j'étais trop effrayé pour la ramasser.
— Attendez-moi, attendez-moi ! hurlai-je en courant vers les autres. Une main… une main est sortie de la tombe et a attrapé ma cheville.
Audrey, Frank et Buddy me regardèrent sans comprendre.
— Qu'est-ce qui t'arrive ? demanda Buddy.
Je me retournai et désignai le cimetière. Je n'en crus pas mes yeux !
La main glacée… Où était-elle passée ?

EXTRAIT

Elle avait disparu !
Tout était calme et silencieux. Un écureuil pointait son museau entre les pierres branlantes.
Je restai là, immobile, retenant mon souffle, tremblant encore de frayeur.
Avais-je été attrapé par un fantôme ? Ou m'étais-je plutôt pris le pied dans une racine ? Rien ne bougeait dans les herbes hautes qui poussaient entre les tombes. Tout semblait normal !
Je courus rejoindre les élèves qui étaient déjà arrivés à mi-pente. Hors d'haleine, je rattrapai Audrey.
– Qu'est-ce qui ne va pas, Stanislas ? demanda-t-elle en me jetant un coup d'œil inquiet. Pourquoi traînais-tu ?
– Parce que j'aime l'atmosphère des cimetières.
– Ah bon !
En fait, je m'étais promis de ne plus jamais y revenir. Mais je ne savais pas que j'y retournerais avant la fin de la nuit. Et que je risquerais de ne pas en ressortir vivant !

EXTRAIT

Après le dîner, je m'assis devant mon ordinateur et terminai mon devoir d'anglais. Au rez-de-chaussée, ma mère grondait Remy et Charlotte.
– Je ne vous le dirai pas deux fois, arrêtez de pleurer ! s'exclama-t-elle.
J'essayais de me concentrer sur mon travail lorsque Jason passa la tête dans l'entrebâillement de la porte de ma chambre.
– Où est mon sac ? demanda-t-il.
– Comment veux-tu que je le sache ?
– Mais j'en ai besoin pour demain matin, et il n'est pas dans mon placard !
J'eus du mal à avaler ma salive. Je l'avais oublié dans le cimetière !
– Il était sur mon étagère ! dit Jason d'une voix de plus en plus aiguë.

EXTRAIT

– Je crois que je sais où il se trouve, avouai-je.
– Quoi ? Tu me l'as pris sans ma permission ?
– Eh bien…
En fermant les yeux, je repensai à la visite du matin. Je l'avais laissé contre un arbre. Et quand j'avais senti cette main entourer ma cheville, je ne m'étais pas baissé pour le ramasser. J'étais parti en courant dès que j'avais pu me dégager. J'avais abandonné ma casquette et ce satané sac !
Que pouvais-je faire ?
– Je te conseille de le retrouver, dit Jason, furieux. Sinon, je te dénonce aux parents.
J'étais coincé ! Il fallait que je le récupère.
« Si je leur dis pourquoi je sors, ils ne seront pas d'accord, pensai-je. C'est sûr. »
– Pas de problème, affirmai-je. Je vais aller le chercher. Calme-toi.
Pourquoi avais-je dit cela ? Je devais maintenant remonter sur la colline ! Tout seul. En pleine nuit ! Mais je n'avais pas le choix.
Je renvoyai Jason dans sa chambre, car il fallait que je réfléchisse. Je marchai de long en large, la tête en feu.
Non ! Il était impossible que j'aille là-haut tout seul. Je sentais encore le contact glacé de cette main agrippant ma cheville.
Il n'en était pas question !

Rassemblant tout mon courage, je saisis le téléphone et composai le numéro d'Audrey.
— Tu… tu peux me… me rendre un petit service ? bafouillai-je quand elle eut décroché.
— Un service ? Mais qui est à l'appareil ? Ah ! c'est toi, Stanislas.
— Oui. Pourrais-tu venir avec moi au cimetière ? Il y en a pour une minute, j'ai oublié des affaires.
Un long moment de silence suivit. Audrey finit par répondre :
— Tu rigoles ou quoi ?
Quelques instants plus tard, je racontai à mes parents que j'allais chez Audrey pour finir mes devoirs. Ils furent d'accord, à la condition que je ne reste pas plus d'une heure.
En effet, j'avais fini par convaincre mon amie !
Je me glissai dehors par la porte de la cuisine et tirai la fermeture Éclair de mon blouson. Un vent froid soufflait du sommet de la colline. J'allumai ma torche électrique, qui projeta un halo de lumière orange sur la pelouse gelée. En passant par les cours arrière des maisons, je rejoignis Audrey devant son garage. Elle était vêtue d'une parka chaude et avait caché ses cheveux sous une cagoule de ski en laine.
— Tu es sûr qu'on va chercher un sac à dos et une casquette ? demanda-t-elle aussitôt, méfiante.
— Je t'ai expliqué. Jason a besoin de son sac demain.

EXTRAIT

Je n'aurais jamais dû le lui prendre sans sa permission. Nous nous mîmes à grimper, courbés sous la bourrasque. Nos chaussures dérapaient sur l'herbe couverte de givre et nous avancions lentement. Audrey se cramponna à mon bras.

— Frank m'a appelée juste après toi, dit-elle.
— Ah bon ! Et qu'est-ce qu'il voulait ?
— M'emprunter mes notes d'histoire. Mais je lui ai dit que nous venions ici, et il a semblé vraiment étonné ! ajouta-t-elle en riant.
— C'est malin ! m'exclamai-je. Pourquoi lui as-tu raconté ce que nous allions faire ? J'espère qu'il restera chez lui.

Gênée, elle haussa les épaules.
Nous atteignîmes un bouquet d'arbres squelettiques. Les branches tremblaient et craquaient légèrement sous les rafales de vent.

— Maintenant, enchaîna Audrey, dis-moi la vérité. Pourquoi as-tu crié ce matin ?
— Moi ? crié ? fis-je, surpris par sa question. Ah oui ! J'avais aperçu quelque chose.
— Tu ne crois quand même pas aux histoires de fantômes de ta rédaction ?

Audrey me fixa de ses yeux verts, attendant ma réponse.

— Mais non..., murmurai-je.

Le cimetière de la colline de Hautetombe paraissait

calme. Pas une lumière ne clignotait. Aucune brume ensorcelée ne recouvrait la pente. Perdue dans le ciel sombre, la lune brillait à l'horizon.
Nous nous arrêtâmes au portail délabré. Je dirigeai le faisceau de ma lampe sur les sépultures alignées. Penchées ainsi les unes sur les autres, elles semblaient dormir.
Soudain, une forme jaillit derrière une pierre haute et étroite. Je sursautai.
C'était un lapin !
Audrey éclata de rire :
— Il t'a fait bondir d'un mètre ! N'aie pas peur, il est tout mignon.
— Écoute, dis-je, vexé. Ramassons ce sac et filons d'ici. Je l'ai laissé près de la tombe des frères Manse.
Un nuage passa devant la lune, plongeant le lieu dans l'obscurité. J'éclairai aussitôt les rangées de stèles afin de nous repérer.
— J'aurais dû apporter aussi une torche, murmura Audrey en frissonnant. Il fait très sombre maintenant.
— Serre-toi contre moi, dis-je pour la rassurer.
En réalité, j'avais autant peur que mon amie, mais je ne voulais pas qu'elle s'en aperçoive. Le vent siffla entre les arbres rabougris. Les branches s'entrechoquèrent avec des craquements lugubres. Les hautes herbes caressaient les caveaux en sifflant.
SHUSSS ! SHUSSS !

EXTRAIT

– Oh ! criai-je soudain.
Mon pied gauche venait de s'enfoncer dans un trou. Une douleur violente me traversa la cheville.
– Qu'est-ce qui t'arrive ? demanda Audrey, inquiète.
– Ce n'est rien, répondis-je en frottant énergiquement l'endroit douloureux. Continuons.
Mais où avais-je laissé ce maudit sac ? Je grimpai sur une butte et inspectai les alentours. Je finis par l'apercevoir, appuyé contre un vieux chêne penché. Je me précipitai et le saisis à deux mains. Il était couvert d'une mince couche de rosée que le gel avait transformée en glace. Je l'essuyai avec la manche de mon blouson.
Audrey commença à respirer très fort dans mon dos. Une respiration haletante et rauque !
– Pourquoi es-tu aussi essoufflée ? demandai-je sans me retourner.
Mon amie ne répondit pas. Tout à coup, des feuilles mortes craquèrent devant moi. Je levai les yeux. Quelqu'un venait d'apparaître derrière un arbre.
– Qui… qui est là ? dis-je, terrorisé.
Il faisait trop sombre pour que je puisse reconnaître l'ombre qui avançait dans ma direction à grandes enjambées.
– Audrey ! m'écriai-je enfin. Que faisais-tu ?
Mon sang se glaça. Si mon amie venait vers moi, alors, qui soufflait si puissamment derrière moi ?

Découvre vite la suite de cette histoire dans
L'ATTAQUE DES SPECTRES
N° 53 de la série
Chair de poule

Chair de poule

1. La malédiction de la momie
2. La nuit des pantins
3. Dangereuses photos
4. Prisonniers du miroir
5. Méfiez-vous des abeilles
6. La maison des morts
7. Baignade interdite
8. Le fantôme de la plage
9. Les épouvantails de minuit
10. La colo de la peur
(ancien titre : *Bienvenue au camp de la peur*)
11. Le masque hanté
12. Le fantôme de l'auditorium
13. Le loup-garou des marécages
14. Le pantin maléfique
15. L'attaque du mutant
16. Le fantôme d'à côté
17. Sous-sol interdit
18. La tour de la Terreur
19. Leçons de piano et pièges mortels
20. Souhaits dangereux
21. Terreur sous l'évier
22. La colère de la momie
23. Le retour du masque hanté
24. L'horloge maudite
25. Le parc de l'Horreur
26. La fille qui criait au monstre
27. Comment ma tête a rétréci
28. La rue maudite
29. Le fantôme décapité
30. Alerte aux chiens
31. Photos de malheur
32. Les fantômes de la colo
33. La menace de la forêt
34. Comment tuer un monstre
35. Le coup du lapin
36. Jeux de monstre
37. Nuits de cauchemar
38. Des appels monstrueux
39. Le souffle du vampire
40. Les vers contre-attaquent
41. Le mangeur d'hommes
42. La colo de tous les dangers
43. Sang de monstre
44. Abominables bonshommes de neige
45. Danger, chat méchant !

46. La bête de la cave
47. L'école hantée
48. Sang de monstre II
49. Terrible internat
50. La peau du loup-garou
51. Le jumeau diabolique
52. Un film d'horreur
53. L'attaque des spectres
54. La fête infernale
55. L'invasion
des extraterrestres, 1
56. L'invasion
des extraterrestres, 2
57. Le manoir de la terreur
58. Cauchemars en série
59. Ne réveillez pas la momie !
60. Un loup-garou dans la maison
61. La bague maléfique
62. Retour au parc de l'horreur
63. Concentré de cerveau
64. Sous l'œil de l'écorcheur
65. Halloween, une fête d'enfer
66. Mort de peur
67. La voiture hantée
68. La fièvre de la pleine lune
69. Kidnappés dans l'espace !
70. L'attaque aux œufs de Mars
71. Frissons en eau trouble
72. Les vacances de l'angoisse
73. La nuit des disparitions
74. Le fantôme du miroir
(à paraître en novembre 2001)

Hors-série :
L'homme qui donne la chair de poule !
Halloween, le guide pour la fête

101. Les griffes de l'homme-loup
102. La punition de la mort

Impression réalisée sur CAMERON par

BRODARD & TAUPIN

GROUPE CPI

La Flèche

en août 2001

Imprimé en France
N° d'Éditeur : 6952 – N° d'impression : 8829